시작으로《뉴 스트랜드》,《애틀랜틱 먼슬리》,《뉴 아메리칸 라이팅》을 비롯해 크고 작은 잡지를 통해 작품을 선보였다. 1960년대에는 눈부신 작품 활동을 했지만 1970년대와 1980년대에는 삶과 씨름하느라 거의 쓰지 못했다. 1980년대 말 무렵에는 네 아들 모두 성장했고, 그녀 역시 평생을 괴롭히던 알코올중독 문제를 극복하여, 그때부터 세상을 떠날 때까지 계속 글을 썼다(중독의 공포, 금단 증상, 이따금 접하는 환각은 그녀의 작품 세계에서 특별한 위치를 차지한다).

루시아 벌린의 소설을 흠모한 작가로는 소설가 조이스 캐럴 오츠, 리디아 데이비스, 솔 벨로 등이 있다. 최근에는 스페인의 영화감독 페드로 알모도바르가 『청소부 매뉴얼』을 영화화하고 있다.

표지 그림 **안소현** 〈옥상정원〉 19×27.3cm, Acrylic on canvas, 2020. 디자인 **김은정**

웰컴 홈

WELCOME HOME :
A Memoir with Selected Photographs and Letters by Lucia Berlin

This Korean edition was published by Woongjin Think Big Co., Ltd. in 2020 by arrangement with Farrar,
Straus and Giroux, New York through KCC(Korea Copyright Center Inc.), Seoul.
이 책은 ㈜한국저작권센터(KCC)를 통한 저작권자와의 독점계약으로
㈜웅진씽크빅에서 출간되었습니다. 저작권법에 의해 한국 내에서 보호를 받는
저작물이므로 무단전재와 복제를 금합니다.

웰컴 홈

루시아 벌린 자전 에세이 | 공진호 옮김

웅진 지식하우스

프레드 벅과 헐린 돈을 기억하며

In memory of Fred Buck and Helene Dorn

일러두기

· 본문의 주석은 모두 옮긴이가 단 것이다.

|차 례|

서문

"나는 터무니없을 정도로 수많은 곳을 옮겨 다니며 살았어요. (…) 그렇게 많이 옮겨 다녔기 때문에 나에게 장소란 정말 매우 중요하죠. 나는 항상 찾고 있어요. (…) 집을 찾고 있어요."

— 루시아 벌린 인터뷰(2003)

　나는 작가가 글을 쓰는 모습을 나의 어머니 루시아 벌린에게서 처음으로 보았다. 그리니치빌리지의 로프트*에서 나의 형인 마크와 세발자전거를 타면서 봤던, 올림피아 타자기를 치던 어머니의 모습이 제일 초기의 기억이다. 우리는 어머니가 편지를 쓰는 줄 알았다. 어머니는 편지를 많이 썼다. 우리가 산책을 하러 나가면 어머니는 거의 매일 우체통 앞에서 잠시 멈추고 우리에게 편지를 넣게 해주곤 했다. 우리는 봉투가 투입구 안으로 사라진 뒤 소리가 나는 것을 재미있어했다. 어머니는 편지를 받으면 꼭 우리에게 읽어주곤 했고, 그날그날 받은 게 무엇이든 자주 지어낸 이야기를 해주었다.

　우리는 어머니의 이야기를 들으며 자랐다. 그 수많은 이야기들

---

* 공장이나 창고를 개조한, 천장이 높고 공간이 트인 아파트.

중에는 잠잘 때 들려주는 이야기도 있었다. 어린 시절 친구 퀜트슈리브와의 모험담. 야영하던 중 곰에게 잡혀 꼼짝 못했던 이야기. 벽지 대신 잡지를 뜯어 벽에 바른 오두막 이야기. 타이니 숙모가 지붕에 올라간 이야기. 존 삼촌이 애완동물로 키우던 퓨마 이야기. 이밖에도 모든 이야기를 우리는 여러 번 들었다. 어머니가 살아오며 겪은 이야기들 중 많은 부분은 어머니가 나중에 써서 출간한 작품들 속에 녹아 있다.

여섯 살쯤 됐을 때 벽장 속을 탐사하다가 타자기 케이스를 발견한 적이 있다. 그 안엔 폴더가 하나 있었는데, '평화를 사랑하는 왕국'이라고 쓰여 있던 그 폴더에는 엘패소에 사는 여자애 둘이 오르골 화장품 정리함을 팔러 돌아다니는 이야기가 담겨 있었다. 그것이 동화책 외에 내가 처음 읽은 글이었다. 나는 그제야 어머니가 타자기로 쓰던 건 편지가 아니었음을 깨달았다. 어머니는 단편소설을 쓰고 있었던 것이다. 언젠가 어머니는 그 글들이 어떻게 잡지에 실리게 되었는지 설명해주었다. 어머니는 자신의 단편이 실린 잡지들을 꺼내 보여주며 나에게 읽어보라고 했다. 그 후로 나는 종종 어머니가 쓰고 있는 글을 읽게 해달라고 졸랐다. 그러면 어머니는 "다 쓰면 보여줄게"라고 말씀하시곤 했다.

그로부터 7년인가 8년이 흘렀을 때, 어머니는 어느 정도 다 썼다 싶으면 미완성인 글이더라도 내가 읽도록 허락했다. 두 아들(데이비드와 댄)이 더 생겼고 세 번째 남편(버디 벌린)과 이혼한 뒤 어느 작은 사립 고등학교의 교사로 겨우 생활을 유지해나가던 시기였다. 그 혼란스러운 상황 속에서(혹은 그 때문인지) 어머니는 전보다 더 많은 글을 썼다. 거의 매일 밤, 저녁 식사를 하고 우리 가족이 즐겨보는 TV 프로그램을 시청한 뒤 어머니는 부엌 식탁에서 버번 한 잔을 벗 삼아 밤늦도록 글을 쓰곤 했다. 대개는 스프링 공책에 볼펜으로 썼지만 우리는 간혹 타자기 소리에 잠을 깨기도 했고, 가끔은 그 소리가 전축에 틀어놓은 음악에 잠겨 안 들리는 날도 있었다.

이 무렵 어머니가 완성한 첫 단편소설들은 뉴욕과 앨버커키에서 살던 시절에 쓰기 시작한 것들이었다. 그 후로는 악화되는 알코올 문제에서 비롯된 나쁜 상황과 개인적 비극에서 나온 사적인 이야기들이 드러나기 시작했다. 교직을 잃은 뒤 어머니는 다른 직업(청소부, 전화교환수, 병동 사무원)을 전전했다. 알코올 중독자 유치장과 중독치료 시설에 들어가 있던 경험과 더불어 이러한 직업들은 창작에 풍부한 소재를 제공해주었다. 어떤 좌절을 겪어도 어머니는 집필을 중단하지 않았고, 어머니의 단편은 곧 다시 출간되기 시작했다.

오랜 세월이 흐른 뒤, 마지막으로 어머니가 나에게 읽어보라고 한 원고는 『웰컴 홈』의 초고였다. 어머니가 집이라 부르던 곳들을 회고하는 이 글들은 원래 등장인물이나 대화 없이 장소 자체에 대한 간략한 스케치로 구상되었었다. 우리가 어렸을 때 곧잘 듣곤 했던 어머니의 어린 시절 이야기들이 이제는 픽션이라는 가면 없이 순서를 갖추어 우리에게 주어졌던 것이다. 그러나 불행히도 시간이 모자라 이 원고의 마지막 장은 1965년에서 그 끝 문장마저 완성되지 못한 채 멈추었다.

어머니는 평생 몇천 장까진 아닐지 몰라도 몇백 장은 넘는 편지를 썼다. 이 책에 수록한 편지들은 『웰컴 홈』과 같은 시기에 쓰인 것들 중 우리가 좋아하는 일부다. 대개는 1959년에서 1965년에 걸쳐 어머니의 좋은 친구 에드워드 돈과 헐린 돈에게 보낸 것이다. 극적 사건과 성장, 격변의 시기에 쓰인 이 편지들은 한 젊은 엄마이자 자기발견의 격통을 겪는 작가 지망생이었던 어머니의 심경을 엿볼 수 있는 흥미로운 자료이다.

이렇게 해서 『웰컴 홈』을 출간하게 되었다. 독특한 미국 작가의 목소리를 낸 어머니의 스물아홉 해 부분의 인생을 독자 여러분에게 단편과 편지, 그리고 사진으로 소개한다.

2018년 5월

제프 벌린

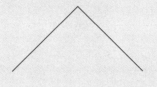

웰컴 홈

알래스카주, 1935.

알래스카주 주노, 1935.

테드와 메리 브라운, 주노, 1935.

주노에서 브라운 부부가 살던 집.

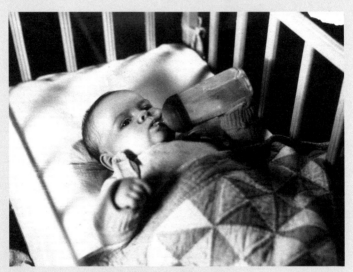

루시아, 1936년 11월 12일 출생.

알래스카주 주노

　창문이 많고 견고한 장작 난로와 모기를 막아주는 팽팽한 방충망이 있는 아담한 집이었다고 했다. 만(灣)에 면한 이 집에서는 일몰과 별, 현란한 북극광이 보였고 어머니는 나를 흔들어 재우며 항구를 내려다보곤 했단다. 항구는 항상 어선과 예인선, 미국과 러시아의 광석선으로 붐볐다. 어머니는 내 침대가 있던 침실이 늘 아주 어둡지 않으면 아주 밝았다고만 했을 뿐 길고 짧은 계절의 길이에 대해서는 설명해주지 않았다. 내가 태어나 제일 처음 한 말은 '빛'이었다.

메리 브라운과 루시아, 주노, 1937.

테드·메리 브라운, 아이다호주 멀런, 1937.

아이다호주 멀런

나의 가장 어릴 적 기억은 유리창을 스치는 소나무 가지의 모습이다. 이 집은 아이다호주 코들레인의 선샤인 광산에 있었다. 거대한 오크나무들은 가지가 땅과 거의 평행하게 뻗었고 다람쥐들은 그 위를 고속도로처럼 씽씽 돌아다녔다.

오래전에는 꽃향기가 오늘날보다 훨씬 더 진했다는 글을 최근 읽었다. 특히 장미와 라일락이 그런데, 그 원인은 이종교배라는 이야기였다. 사실이든 아니든 내 기억 속에 있는 아이다호의 꽃향기는 요즘의 것보다 더 강렬하다. 사과 꽃과 히아신스는 그야말로 사람을 취하게 만들었고, 라일락 나무 아래 잔디밭에 드러누워 숨을 쉬다 보면 머리가 어지러워지곤 했다. 또한 그 시절에는 서 있지 못할

멀런에서 브라운 가족이 살았던 집. 1937.

루시아. 멀런.

정도로 현기증이 날 때까지 나 혼자 제자리에서 빙빙 돌곤 했다. 어쩌면 그런 것들은 중독의 조기 적신호였을지 모른다. 그렇게 보면 라일락 향기 중독은 나의 첫 중독이었던 셈이다.

갯버들이란 건 들어보지도 못했기 때문에 꽃자루에 솜털이 자란 것을 처음 봤을 때 나는 몹시 놀랐다. 그것을 만져보려고 얼음장 같은 개울에 들어갔다가 신발과 옷을 다 적셨다. 그 후로는 집 밖에 나가지 못했다. 물에 빠져 죽거나 개울에 휩쓸려 떠내려갈지도 몰랐기 때문이다.

나는 머피침대에서 잤다. 사용하지 않을 때는 침대를 위쪽으로 들어올려 벽장에 보관하는 이 침대는 당시 매우 흔한 것이었다. 이 큰 집에는 양탄자도 없고 가구도 별로 없었다. 집 어딘가에서 삐걱

삐걱 하는 소리. 나무에 맴도는 바람의 메아리. 유리창에 빗물이 튀는 소리. 화장실에서 흘러나오는 흐느낌.

부모님은 가끔 밤에 이웃들과 피너클 카드놀이를 했다. 웃음소리와 담배연기가 계단을 타고 내 방까지 올라왔다. 핀란드어나 스웨덴어로 지르는 탄성들. 포커 칩. 계단처럼 쌓인 포커 칩이 폭포처럼 쏟아지는 소리. 얼음 담긴 컵에서 나는 마라카스 같은 소리가 감미로웠다. 어머니 특유의 카드 도르는 소리도. 카드를 섞어 빼고 놓을 때의 신속한 슥슥 소리, 경쾌한 탁탁 소리.

나는 매일 아침 등교하는 아이들을 구경했다. 나중에는 아이들이 발야구와 공기놀이, 팽이치기하는 소리가 들렸다. 나는 안에서 내 스키피와 놀았다. 스키피는 목욕가운 허리띠를 개줄처럼 묶어서 '강아지'처럼 내가 갖고 놀던 작은 커피 주전자였다. 어머니는 추리소설을 즐겨 읽었다. 우리는 비 내리는 창밖을 마냥 내다보곤 했다. 아침에 눈을 뜨고 나서 첫눈이 내린 것을 본 순간에는 무서웠지만 이내 아름답다고 느꼈다.

아버지는 늘 피곤에 지치고 검댕을 뒤집어쓴 모습으로 귀가했다. 두 눈 주위는 하얀 동그라미를 찍은 듯해서 깜짝 놀란 표정이었고 그 원 안에서는 밝은 초록색 눈동자가 빛났다.

토요일 저녁이면 우리는 작은 산속에 있는 집에서 마을로 내려갔다. 마을에는 잡화점과 우체국, 구치소, 이발소, 약국, 세 개의 술집이 있었다. 우리는 《새터데이 이브닝 포스트(Saturday Evening

Post)》도 사고 커다란 허시 초콜릿도 샀다. 오버슈즈를 신은 발에 뽀드득뽀드득 눈 밟는 느낌이 전해졌다. 우리는 해가 완전히 졌을 때 집으로 돌아갔지만 아이다호주의 별이 하늘을 산산조각으로 깨뜨려준 덕에 우리가 걷는 길은 대낮처럼 환했다. 그때는 별빛도 지금보다 단연 더 밝았다.

켄터키주 매리언

눈과 추위가 빠르게 걷히고 개오동나무 꽃, 복숭아 꽃, 사과 꽃과 함께 무더운 남부의 봄이 왔다. 사방에선 새들이 기쁨을 억누르지 못했다. 나비들도 그랬고. 나는 하숙집 베란다에서 지내야 했다. 베란다는 반들반들한 검은색으로 칠해져 있었고 살갗이 반들반들한 니그로 여자들이 걸레질을 했다. "애가 저 사람들을 니그로라고 부르는 일은 없게 해." 아버지가 어머니에게 일렀다.

"나는 텍사스 사람이야. 그럼 검둥이라고 해야 할까?"

"내 참, 유색인이라고 하면 되지."

유색인 가정부와 요리사, 웨이터 모두가 나에게 말을 걸었다.

하숙집에 어린아이라곤 나밖에 없었다. 매리언의 광부들은 모두 독신이었고 대부분은 멕시코인이었다. 그들 몇백 명이 막사에서 살았다. 우리 아버지 같은 광산 기술자들과 시금(試金) 전문가들, 지

루시아. 캔터키주 매리언. 1939.

질학자들, 그리고 콧수염을 기른 벽돌공 한 명은 하숙집에 기거했다. 그 벽돌공은 우리 어머니와 베란다에서 함께 웃곤 했다. 이 하숙집에서 우리 어머니를 제외하면 여자라고는 간호사 한 명이 유일했다. 이 간호사는 유방이 얼마나 큰지 식탁에 앉아 식사를 할 때는 비스듬히 앉아야 했다. 내가 그녀의 유방에서 눈을 떼지 않자 아버지가 그만 보라고 내 엉덩이를 찰싹 때렸다. 나는 '유방'이라는 말에 피식피식 웃음이 나왔고, 그런 뒤로도 그 말을 멈추지 못하고 "유방, 유방, 유방" 하며 노래까지 불렀다. 간호사는 이 학교 저 학교를 방문하며 젠티아나 바이올렛*으로 농가진이나 백선을 치료했다.

우리 가족은, 천장 선풍기가 달려 있고 모기장을 친 더운 방 한 칸

하숙집, 매리언. 1939.

에서 생활했고, 베란다는 나 혼자만 드러누울 수 있는 정도의 크기였다. 모든 하숙인은 복도 끝에 있는 욕실을 함께 썼는데 그곳에선 곰팡이가 피어났고 오물 냄새가 풍겼다. 어떤 때 방에 들어가면 어머니가 울고 있었다. 그때마다 어머니는 "아니야, 우는 거 아니야, 알겠어?" 하고 말했다. 어머니는 복숭아색 슬립 차림으로 침대에 누워 추리소설을 읽었다.

  우리 가족이 하숙집에서 어디론가 외출했던 적은 단 세 번뿐이다. 한번은 벽돌공이 우리를 차에 태워 야외로 데려갔다. 우리는 젖소와 말이 노니는 푸른 구릉지를 지나 돼지 키우는 농장을 구경했

● 용담(龍膽)속의 보라색 식물(gentiana)로 만들어지진 않았지만 그 색 때문에 '겐티아나 바이올렛'으로 부르는 소독약으로 메틸 파라로자닐린을 일컫던 이름이다. 옥도정기와 색은 다르나 용도가 비슷하다.

다. 돼지들은 크기가 자동차만 했고 눈은 비열한 인간의 눈과 비슷했다. 또 한번은 아버지가 운전하는 차를 타고 미시시피강을 건넜다. 광대한 강과 그 건너편을 바라보고 눈물을 흘리면서 아버지는 미국에 살고 있는 것이 축복이라고 말했다. 그런 아버지를 보고 어머니는 감상적인 바보라고 했다. 아버지는 또 언젠가 우리를 어느 큰 도시로 데려갔었는데 그곳에서 에스컬레이터를 타본 기억이 난다. 나는 베란다에서 갖고 놀 공깃돌이 있었지만 어떻게 노는 건지 배울 수 없었다. 우리 집 강아지 스키피를 젠티아나 바이올렛으로 개명하려 했지만 스키피가 받아들이지 않았다. 개똥벌레, 개똥벌레, 개똥벌레가 수없이 많았다.

몬태나주 디어로지

디어로지에서 우리 가족은 론섬파인 모텔의 침실 한 개짜리 통나무집에 살았다. 서부 분위기가 나는 아늑한 곳이었다. 전등갓마다엔 가축에 찍는 것 같은 낙인이 찍혀 있었고, 커튼과 침대보에는 카우보이와 인디언 그림이 그려져 있었다. 벽에는 야생마를 길들이는 카우보이와 인디언 전사들을 묘사한 그림들, 카누를 타는 인디언 영웅 하이어와서(Hiawatha)를 그린 그림이 걸려 있었다. 멋진 라디오 옆에는 벽에 접어 넣을 수 있는 소파가 있었는데 나는 거기서 잤다. 성경 방송 시간이면 나는 라디오의 작은 스피커에 대고 따라 외쳤다. "네, 예수님은 나의 성스러운 구세주입니다!" 〈그림자(The Shadow)〉〈피버 맥기(Fibber McGee)〉〈잭 베니(Jack Benny)〉〈렛 츠 프리텐드(Let's Pretend)〉도 내가 듣던 라디오 프로그램이었다. 어머니가 음부(vagina)는 몸(body)이고 절대 그것을 가지고 놀아선 안 된다고 했기 때문에 나는 〈나는 아무도 없다네(I Aint't Got No-body)〉를 들을 때마다 키득키득 웃음이 나왔다.

디어로지에서 지낼 때 어머니에게는 조지아라는 친구가 생겼다. 조지아의 남편 조는 우리 아버지와 같은 광산, 같은 교대조 소속이었다. 바로 옆집에 살았던 그 부부는 일요일이면 우리 집에 와서 어머니가 만든 커피와 커피 케이크를 함께 먹었다. 어머니는 요리하고는 거의 담을 쌓고 살았던 터라 당신이 그렇게 케이크를 만든 것을 매우 자랑스러워했다. 밖에는 늘 눈이 내렸고 부엌 오븐에서는 뜨거운 열기가 뿜어져 나왔다. 모두의 얼굴은 분홍빛으로 빛났고 집 안에는 웃음꽃이 만발했다.

남자들은 주중엔 너무 피곤해서 장화도 간신히 벗었고, 식탁에선 아무런 말도 없이 식사를 한 뒤 곧장 침대로 가 쓰러져 잤다. 그러다 토요일에는 모두 버번을 마시고 브리지 게임을 하며 흥겨워했다. 일요일에는 우리 아버지와 조가 아침 식탁에서 번갈아가며 신문 만화란을 소리 내어 읽었고, 그 뒤엔 내 침대에 누워 나머지 신문을 마저 다 읽었다. 그러는 동안 여자들은 설거지를 했다. 그리고 나면 머

루시아. 1940년 11월.

리카락을 이마 위로 높이 동그랗게 말아 올리고 뒤로 쓸어 붙이면서 집게로 웨이브를 주는 스타일로 머리를 만졌으며, 눈썹을 뽑고 손톱을 손질했다. 남자들은 라디오로 미식축구 중계를 들었다. 나는 소파 침대에 있는 그들 틈을 파고들어 누웠다. 극도로 흥분한 아나운서와 관중의 환호, 아버지와 조의 외침, 서로의 어깨를 탁탁 치는 모습, 광부 특유의 캐멀 담배와 맥주와 비누가 뒤섞인 냄새가 나는 즐거웠다. 광부들은 항상 비누 냄새를 풍겼다. 물론 항상 더러워지니 그랬으리라.

몬태나주 헬레나

헬레나에서 살 때 부모님은 머피침대에서, 나는 야전침대에서 잤다. 그 집은 소음이 심했다. 매일 아침 뒷문 밖에 배달된 우유병들에서는 우유 더껑이가 퐁퐁 튀어나왔고 진눈깨비가 내릴 때면 나무에서 유리 깨지는 소리가 났다. 나는 읽기를 배웠다. 사실 헬레나와 관련해서 기억나는 건 도서관뿐이다.『좋은 어머니 하늬바람(Old Mother West Wind)』의 초록색 표지,『벳시가 이해한 것(Understood Betsy)』의 헌 파란색 표지. 나는『벳시가 이해한 것』은 특별히 나를 위해 쓰인 책이라고, 어딘가엔 내게 자신의 이야기를 들려주고 싶은 사람이 있다고 믿었다.

첫눈이 내리기 전 몇 주 동안 아버지는 매주 토요일이면 나를 데리고 산에 올랐다. 우리는 거의 50년째 산속에서 혼자 살며 금광을 탐색해온 어떤 노인에게 월동 보급품을 가져다주었다. 밀가루, 커피, 담배, 설탕, 말린 콩, 소금에 절인 돼지고기, 오트밀, 양초, 그리고《새터데이 이브닝 포스트》《레드북(Redbook)》《필드 앤드 스트림(Field and Stream)》등의 무거운 잡지책들을.

첫날은 나무에 길잡이 표적을 새기며 올라가느라 오래 걸렸다. 아버지는 나에게 나무껍질을 베게 해주었다. 아직도 기억 속의 그 수액 냄새가 코를 자극하는 듯하다. 존슨 할아버지의 통나무집은

루시아와 강아지 블루. 존슨 씨와 그의 통나무집. 1941.

진한 초록이 무성한 초원 가장자리에 폭 안겨 있었다. 그 오두막은
페인트칠이 되어 있지 않았으며, 사람 얼굴에 비유하자면 창문은
눈 같았고 문은 바보스럽게 뒤틀린 모양으로 웃는 입 같았다. 지붕
을 덮은 키 큰 풀과 들꽃은 축제 때 쓰는 모자 같았다. 나는 그 지붕
위로 올라가 파란 하늘 아래 눕곤 했다. 그러면 개들과 염소들이 옆
구리에 주둥이를 밀어넣거나 얼굴을 핥았다. 내가 누워 있는 지붕
아래에서 아버지는 못이 담긴 둥근 통에 존슨 할아버지와 앉아 커
피를 마시며 그가 채취한 금 조각을 살펴보는가 하면 온갖 광석을
구경하다가 흠흠 하기도 하고 탄성을 지르기도 했다. 아버지는 몇
시간 동안 노인의 이야기에 귀를 기울였다. 지금 돌이켜보면 그때
그분들의 이야기에 나도 귀를 기울였더라면 좋았을걸 하는 생각이

헬레나 북쪽에서 캠핑하며 송어 낚시를 했던 날.

든다. 하지만 그때는 그저 지붕 위에 조용히 누워 있고 싶었다. 스텔러 까마귀와 장난치기 좋아하는 염소와 개 들만이 그 고요한 시간을 파고들었다.

아버지는 그곳을 떠나기 전 숲에 들어가 통나무와 나뭇가지를 가져다 장작을 패서 문 옆에 가지런히 쌓아놓았다. 나는 밀가루를 물에 이겨 만든 풀로 잡지책 낱장들을 조심스럽게 벽에 붙였다. 잡지의 글이 젖을까 봐 조심스러웠던 것이다. 통나무집 벽의 천장부터 바닥까지에 잡지책 낱장을 조각보처럼 붙여 빈틈없이 도배하는 것이 목적이었다. 그렇게 해놓으면 존슨 할아버지는 벽에 붙은 것을 읽으며 긴 겨울을 났다. 이 작업에서 중요한 것은 잡지의 종류와 페이지 들을 뒤섞어 붙이는 일이었다. 어느 잡지의 20페이지를 북쪽

블루를 안고 있는 루시아.

벽 상단에 붙였으면 21페이지는 남쪽 벽 하단에 붙이는 식으로.

나는 그게 나의 첫 문학 수업, 또는 창조력의 무한한 가능성을 배운 첫 수업이었다고 생각한다. 나는 그 벽들이 어떤 커다란 생각의 장이란 점을 분명히 알고 있었다. 만일 그 낱장들을 순서대로 붙여놓았다면 할아버지는 전체를 금방 다 읽었을 것이다. 하지만 일정한 순서를 따르지 않는 내 식으로 붙여두면, 한 페이지를 읽은 뒤 그 다음에 이어질 이야기를 자신이 지어내야 했다(그 이전 혹은 그다음 페이지는 대개 어느 벽엔가 붙어 있었다). 그러다 며칠 뒤 다른 벽에서 그다음에 연결되는 페이지를 찾으면 자신의 이야기를 수정하곤 했다. 그렇게 벽이 제공하는 가능성이 전부 고갈되면 할아버지는 직접 다른 잡지책의 낱장을 뜯어 내가 했던 식으로 순서 없이 다시 벽을 도배했다.

눈이 내리기 시작하면 여러 염소와 개가 통나무집 안에서 존슨 할아버지와 함께 지냈다. 나는 염소와 개 들이 놋쇠 프레임의 침대 위에 올라가 몸을 웅크린 뒤, 파자마 차림으로 촛불을 밝히고 벽지의 글을 읽는 할아버지를 구경하는 광경을 즐겨 상상했다. 할아버지에 따르면 추울 땐 염소 한 마리를 더 침대 위로 올라오게 했다고 한다.

통나무집에서 조금 떨어진 곳에는 화장실이 있었다. 하지만 할아버지는 대개는 그냥 바깥 포치에 서서 소변을 본다고 했다. 화장실 좌변기는 마치 언덕 꼭대기 한가운데에 보좌(寶座)를 얹어 놓은 형국이었다. "거기는 생각하는 곳이야. 어서 가서 볼일 봐. 아무도 너 안 봐. 저기서는 몬태나가 절반은 보여." 나는 다 보일 것 같았다.

아이다호주 멀런

이번에 멀런에 와서는 외벽을 타르지로 바른 통나무집에서 살았다. 광산 바로 위쪽에 있는 집이라 엔진과 발전기가 돌아가며 달가닥거리는 소리, 도르래의 윙윙 끼익끼익 소리가 들려왔다. 사슬의 절거덕 소리. 용접봉의 칙칙 소리. 긁는 소리. 바지지 하는 소리, 둔탁한 쿵 소리. 돌이 바스러지는 소리. 삽으로 돌을 떠 트럭에 담거나

멀런. 1940.

컨베이어에 쏟을 때의 우르르 소리. 광차(鑛車)가 구를 때 나는 끼익
끼익 또는 덜걱덜걱 소리. 곡을 하는 듯한, 신음하는 듯한, 피리를
부는 듯한 경적 소리. 다양한 경적 소리는 밤과 낮을 가리지 않았다.
남자들 또한 밤낮으로 욕을 하고 고함을 질러댔는데, 특히 흐느낌
처럼 들리는 톱질 소리나 끼익끼익대는 온갖 소리가 괴물처럼 변하
는 밤에는 더욱 그랬다. 첫눈이 온 날 아침, 반짝이는 사슬과 삭구,
톱니바퀴 장치와 활강로는 기적처럼 레이스 뜨개 모양으로 바뀌어
있었다. 눈에 덮인 광산은 그만큼 섬세해 보였고 거의 아무런 소리
도 나지 않았다. 젊은 멕시코인 광부들은 어린아이들처럼 눈 속에
서 장난을 쳤다.

막사는 광부들로 북적였다. 멕시코인과 핀란드인, 바스크인이 있

었고 그들 모두는 독신이었다. 아버지는 그들이 그토록 술을 많이 마시고 걸핏하면 싸우는 이유를 내게 말해주었는데, 그건 대부분이 모국과 가족을 멀리 떠나왔고 영어를 할 줄 모르기 때문이라고 했다.

나에게 몰리라는 갓난 여동생이 생겼다. 몰리의 아기침대는 부모님 방에 있었다. 내 침대는 거실의 머피침대였다. 머피침대는 벽장에서 늘 나와 있었고 낮에는 소파로 쓰였다. 나는 라디오가 아쉬웠다. 이제 라디오는 부모님 침실에 있었는데, 아기가 깰까 봐 잘 틀지 못했기 때문이다.

항아리 모양의 난로는 난방을 할 수 있는 유일한 기구였다. 아침에 동틀 무렵 눈을 뜨면 입김이 보였고, 그러면 나는 난로 문손잡이를 돌리는 절거덕 소리를 기다렸다. 그리고 잠시 뒤 나무가 쩍, 탁, 하며 타기 시작하면 그 위에 삽으로 떠 넣은 석탄이 드르륵 구르는 소리가 들렸다. 재래식 커피메이커의 기운찬 소리, 어머니가 손톱에 딱성냥을 긋는 소리, 아버지가 지포 라이터 뚜껑을 탕 닫는 소리.

부모님이 커피를 마시는 동안 나는 아기에게 우유병을 물렸다. 나와 함께 누운 아기는 편안해 보였다. 나는 아기를 보는 것이 재미없었지만 아기는 내가 불러주는 노래를 좋아했다. "머리가 긁으면 가렵지 말고* 피치 샴푸를 쓰세요. 머리를 쓰세요, 머리카락을 지키세요. 피치 샴푸를 쓰세요." 그리고 나는 또 이런 노래도 불렀다.

---

* 긁는다(scratch)는 말과 가렵다(itch)는 말의 위치가 바뀌어 있다.

"내게는 아무도 없어요, 나를 집에 데려다줄 사람이."

이 집의 나무 벽은 마룻바닥과 마찬가지로 페인트칠이 되어 있지 않았다. 나는 통나무집에서 살고 나무를 때서 난방을 하고 숲을 내다볼 수 있어 좋았다. 집 전체에서 나무 냄새가 났다.

문을 열고 나가면 신선한 솔향기가 나를 맞았다. 일단 숲속에 들어가면 광산의 소음이 들리지 않았다. 주위가 고요해졌고 바닥의 비단 같은 솔잎 위를 걷는 내 발소리도 조용했다. 나무 사이로 산들바람 소리가 들리는 듯해 걸음을 멈추고 귀를 기울이면 아무 소리도 들리지 않았다.

이 집은 부엌 바닥이 정말 기우뚱했는데, 나는 그 경사를 이용해 몇 시간이고 깡통을 굴리며 놀았다. 부채선인장 열매가 파인애플보

루시아, 멀런. 1941.

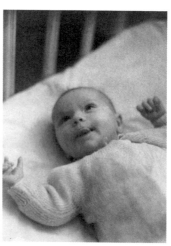

몰리 키스 브라운. 1941년 10월 6일 출생.

다 더 잘 굴렀다.

우리 집이 있는 작은 산 너머엔 계곡이 있었고 그 건너편 산비탈의 숲은 그전 해에 전부 불에 타 없어졌다. 내가 처음 봤을 때 그곳은 전체가 주홍색 카스틸레야 꽃으로 덮여 있었다. 그 방대한 지역을 덮은 빨간색은 불타는 듯 약동했고 온통 윙윙 벌 소리로 진동했다.

내게 친구가 생겼다. 켄트슈리브. 우리 옆집에 살았는데, 집 크기는 우리와 똑같았지만 아이는 여섯이었다. 너무 가난한 집이었기에 켄트슈리브의 아버지는 월리스시에 있는 빵집에 가서 오래된 빵을 몇 봉지씩 사오곤 했다. 그들은 베이컨 기름과 페트사(社)의 연유에 그 빵을 넣어 만든 곤죽으로 아침을 먹었다. 너무 추웠지만 석탄이나 땔나무가 없었던 어느 날, 그 아버지는 식구 모두가 한데 모여 따뜻해질 때까지 곰팡내 나는 빵을 몇 봉투나 작은 난로에 넣어 태웠다. 주기도문을 떠올릴 때면 나는 그 집 부엌이 생각난다.

내 동생 몰리가 폐렴에 걸려 월리스시에 있는 병원에 이틀간 입원했을 때, 나는 그 집 아이들이 건초더미를 깔고 자는 다락방 바로 옆방에서 지냈다. 창문이 있어야 할 위쪽 부분은 기름 먹인 천을 못으로 박아 막아놓았다. 켄트슈리브와 나는 번갈아가며 그 천에 나 있던 구멍에 한쪽 눈을 갖다 대고 밤하늘을 내다보았다. 그 구멍은 눈부신 별무리를 테두리 안에 가두고 확대시켜주는 망원경 같았다.

나는 건초더미 위의 아이들 틈에 누워 있는 게 즐거웠다. 그 아이들에게선 악취가 났지만 나는 그 냄새를 맡는 것도 즐거웠다. 지린

내와 신 우유 냄새, 더러운 발과 머리의 냄새가 뒤섞였던 게 아닌가 생각된다. 우리는 모두 엄지손가락을 빨며 갓난 강아지 모양으로 몸을 들이대고선 서로 바싹 달라붙어 잠들었다.

켄트슈리브와 나는 나란히 초등학교 1학년에 입학했다. 학교까지는 멀었다. 높은 언덕 꼭대기에 오르면 한참 내려간 다음 또 하나의 언덕을 넘어야 마을에 갈 수 있었다. 방과 후에는 우리 아버지들이 교대조 일을 마치고 들르는 머피 주점으로 가서 그분들과 차를 타고 집에 돌아왔다. 광부들은 그날의 첫 술을 마실 때면 언제나 이렇게 외치며 건배했다. "우리 일할까? 천만에! 파업할까? 천만에! 그럼 뭐 할까? 술 마시자! 만세!"

선샤인 광산. 아이다호주.

루시아와 친구들. 멀런.

우리는 학교에 다니는 걸 무척 좋아했다. 학교에 교사라고는 브릭이라는 이름의 여자 선생님 한 분밖에 없었다. 좋은 선생님이었다. 우리는 과목에 따라 다른 그룹에 속했다. 나는 산수와 쓰기 과목은 어린아이들과, 읽기와 지리는 큰 아이들과 같은 그룹에서 공부했다. 켄트슈리브는 나와는 반대였다. 전교에서 가장 똑똑한 학생이었던 그 아이는 튤립 구근을 자르면 그 안에 아주 작은 튤립이 들어 있다는 것 등 모르는 게 없었다.

진주만 공격 직후, 우리 아버지는 해외로 파견되었다. 예전에 해군 ROTC였기 때문에 중위 임관 훈련을 위해 소집된 것이다. 그런 다음 아버지는 탄약선을 타고 태평양에 나갔고, 그동안 우리 가족은 텍사스주 엘패소에 사는 조부모님 댁에 가 있게 되었다.

켄트슈리브와 나는 그해 크리스마스 가장행렬에서 동방박사 역

미 해군 중위 테드 브라운.

할을 하기로 되어 있었는데(그 아이의 이름은 사실 '켄트 슈리브'였는데, 슈리브가 성이라는 걸 나는 몇 년이 지나도록 모르고 있었다), 이 모든 일은 가장행렬 며칠 전 순식간에 벌어졌다. 그로부터 몇 년 동안 나는 켄트슈리브와 아버지를 몹시 그리워했다.

그리움은 실제로 피와 뼈에 스미는 육체적 고통이라서 마음의 아픔이라 불린다.

아버지는 우리를 스포캔*의 대븐포트 호텔에 데려갔다. 그리고 그곳에서 차를 운전해 혼자 떠났고, 우리는 그날 밤을 호텔에서 보낸 뒤 이튿날 텍사스행 기차를 탔다. 호텔에서 어머니와 나는 다림질된 시트가 깔린 침대를 각각 하나씩 차지했다. 어머니는 호텔방의 옷장 서랍 하나를 빼서 베개를 넣고 그 위에다 몰리를 재웠다.

이튿날 어머니는 몰리가 누워 있는 서랍을 통째로 들고 나가 기차를 탔다. 나는 어머니가 서랍을 훔친 걸 보고 겁도 났고 충격도 받았는데, 어머니는 "너 그 입 좀 다물지 못해?" 하며 내 뺨을 때렸다. 그 후로는 모든 일이 삐긋거렸다.

---

* 워싱턴주 스포캔은 아이다호주 멀린에서 차로 약 두 시간이 걸린다.

스포캔발 엘패소행 남태평양 철도

심해(잔잔한 바다)에 떠 있는 배의 침대를 제외하면, 미국 대륙의 평원을 흔들흔들 천천히 달리는 풀먼 열차의 침대보다 더 훌륭한 잠자리는 없다.

머리 위에는 거칠지만 따뜻한 이불 속에서 나오지 않고 켜거나 끌 수 있는 우아하고 작은 등이 있다. 창문 아래에는 옆으로 긴 주머니가 달려 있었는데, 망사로 만들어진 것이라 어디에 어떤 소지품을 넣어두었는지 다 들여다보였다. 나는 내 머리핀과 신발, 크레용, 스키피, 올드메이드 게임 카드 한 벌을 넣어두었다.

창문의 블라인드는 쉽게 잘 쳐지고 잘 걷혔다. 나는 어둠 속에 앉아 창밖의 달을 스치는 구름을 바라보았다. 어느 농가의 부엌, 그리고 그 안에 깨어 있는 한 사람이 보였다. 나는 실내등을 켜고 밖을 향해 활짝 웃으며 손을 흔들었다. 숲속에 누군가 있어서 나를 볼지도 모르니까. 그러고 있는데 승무원이 내게 와서 나직이 물었다. "뭐 도와드릴까요, 아가씨?" 내게 안 좋은 일이 생기는 건 아닌지 살펴주는 사람이 있다는 것을 알자 흐뭇함과 안전함, 그리고 단추를 끝까지 다 채운 느낌이 들었다. 차장에게서도 그런 느낌을 받았다. 나는 블라인드를 치고 있다가도 열차가 작은 마을에 정차할 때면 조금 걷어 올렸다. 한 역에서는 오버올에 장화를 신은 두 남자의 다리가 블라인드 틈으로 보였다. 흔들거리는 랜턴을 사이에 둔 그들의 대화에는 여유로움과 웃음이 섞여 있었다. 그리고 곧, 잘 다린 진한 남색 바지에 반들거리는 검은 구두를 신은 차장이 그들과 합류했다. 세 사람은 유쾌하게 웃으며 이야기를 나누었다. 농담을 하거나 다른 사람을 쳐다보면서가 아니라, 그저 세상사가 우스워 웃는 듯했다.

초원에 뛰노는 망아지들, 잠에서 깨어나는 어느 작은 마을. 농가 마당의 빨랫줄에 욧잇을 너는 여인. 여인은 이로 빨래집게를 물어 벌린 채 기차를 향해 손을 흔들었다.

풀먼 열차의 침대는 머피침대보다 깔끔히 접혔다. 침대는 위아래로 두 개가 있었는데, 위층은 기차가 내는 모든 소리에 집중하고 진짜 기차를 타는 기분을 느끼고 싶을 때나 혼자 있고 싶을 때 좋다. 창밖을 보지 않으니 잠도 더 많이 자게 되고. 바람 소리, 그리고 객차들 사이를 지나갈 때의 요란한 소리가 무서웠다.

열차 문은 무겁고 잘 열리지 않았지만 여러 칸들을 지나쳐 가 흰 원추형 종이컵에 물을 따라 마시는 것이 나는 재미있었다. 휴게실이 있는 객차는 군인들과 담배 연기, 이상한 웃음소리로 가득했다.

나는 식당칸처럼 근사한 곳은 처음이었다. 정전기 불꽃을 일으키던 양탄자와 등받이 높은 의자, 린넨 식탁보와 린넨 냅킨 등 그 안에 있는 모든 게 우아했다. 뚜껑이 있는 백랍 세공 접시, 은식기류, 주전자도 모두 무겁고 훌륭했다. 집게로 집는 각설탕. 따뜻한 물에 레몬 조각을 넣은 핑거볼. 식당칸 안의 모든 것은 견실하고 우아했는데 특히 백발의 웨이터들이 그랬다. 키가 크고 검은 제복에 길고 흰 앞치마를 두른 그들은 목소리가 부드러웠으며 나뿐 아니라 모두에게 친절했다. 폭이 좁고 길이는 1미터밖에 안 되어 보이는 주방에선 두 노인이 일하고 있었는데, 그들은 모든 음식을 준비했고 일하는 내내 이야기를 나누며 웃었다.

기차 화장실에서 가장 좋은 건 변기 아래로 철길 침목과 풀이 보인다는 점이었다. 노년이 된 지금도 나는 비행기 화장실 역시 기차 화장실처럼 용변을 밖으로 배출하는지 어쩌는지 잘 모르는데, 부끄러워서 누구한테 물어보지도 못하겠다. 그 모든 사람들의 배설물이 대기 중에 배출되는 걸까? 그렇지 않다면 어디에 저장되는 걸까? 나는 달리는 기차의 화장실 밑으로 휙휙 지나가는 철길을 응시하는 것이 좋았다. 어머니가 몇 번인가 멀미를 할 때 나는 어머니의 머리를 잡아드렸는데, 그동안 아래로 지나가는 철길에 있는 침목의 수를 셌다. 어머니는 기차에 타고 있던 시간의 대부분을 화장실 안에서 책을 읽으며 보냈다. 그 안에 소파와 의자가 있었던 덕에 가능한 일이었다. 어머니는 담배를 피우고 몰리에게 젖을 먹인 다음 어떤 여자와 위스키를 마셨는데 결국엔 험한 다툼이 벌어져 차장이 그 여자를 유타주에서 하차시켜야 했다. 그날 밤 승무원이 화장실로 왔다. 어머니는 그 안에서 잠이 들었고 나는 몰리를 안고 있었다. 승무원은 내 침대를 펴놓았다며 내게 이렇게 말해주었다. "가서 자렴, 아무 걱정하지 말고."

텍사스주 엘패소

기차에서 내렸을 때 본 엘패소는 예전과 달라 보였다. 그전에 있던 나무들은 하나도 보이지 않았고 햇빛에 탈색된 듯한 하늘만 사방으로 멀리 펼쳐졌다. 무척 습한 공기에는 더위와 제련소의 가스, 염류피각 성분의 먼지가 섞여 있었다.

외가는 제련소에서 가까운 업슨 스트리트에 있었기에 연기 때문에 하늘이 밤낮을 가리지 않고 갑자기 어둑해지곤 했다. 겹겹이 계단처럼 쌓이며 굽이치는 검은 연기에 눈이 따끔거렸고, 그 안에 포

메리 브라운과 루시아. 텍사스주 엘패소.

함되어 있는 유황과 금속성 가스는 속이 메스꺼울 정도로 고약한 냄새를 풍겼다. 하지만 보기에는 아름다웠다. 연기 속으로 쏟아지는 햇빛은 여러 빛깔(산성의 초록빛, 적자색, 프러시안블루)로 아롱지며 만화경 속의 무지갯빛처럼 꾸물꾸물 굽이쳤다.

그 길의 그쪽에 면한 다른 모든 집처럼 외갓집 역시 언덕 기슭에 세워진 터라 안마당으로 올라가는 층계가 높았다. 안마당의 빈약한 멀구슬나무에는 스피츠종 린다가 개줄에 묶여 있었다. 향기로운 분홍색 서양협죽도 숲이 산울타리처럼 자라서 옆집이 보이지 않았다. 내가 꽃향기를 맡으러 가니 할머니가 그 꽃을 먹으면 죽을 수 있다며 주의를 주었다.

집 안은 놀라울 정도로 시원하고 어둑했다. 더위와 제련소 먼지를 막기 위해 창문들은 굳게 닫혀 있었고, 가구와 마룻바닥에는 먼지가 언덕처럼 쌓여 있었다.

유황 냄새는 물론이고 젖은 더러운 세탁물과 담배와 위스키, 살충제와 상한 음식에서 나는 냄새가 집 안에 떠돌았다. 식료품 저장실에서는 바닐라와 정향 같은 좋은 향도 느껴졌지만 썩은 감자나 양파 냄새가 풍겼고, 심지어 죽은 생쥐 냄새가 날 때도 있었다.

할머니는 살림을 잘 못했다. 그건 외가가 언제나 하인을 두고 살았었기 때문이라고 어머니가 말해주었다. 어머니 역시 청소를 하지 않았고, 요리와 설거지도 대부분은 아버지 몫이었다. 텍사스에 온 뒤로 매주 일요일에는 쇠고기 찜을 먹었다.

엘패소, 1943.

평소엔 돼지고기에서 땅콩버터 샌드위치, 존 삼촌이 집에 없을 때는 토마토 수프에 이르기까지 식사 메뉴는 다양했다. 쌀밥과 콩 요리와 토르티야, 달걀을 얹은 엔칠라다, 타코, 메누도 수프도 있었다.

식구들 모두가 바퀴벌레나 모기를 보기만 하면 살충제를 뿌려댔다. 밤중에 불을 켜면 수많은 바퀴벌레들이 사각사각 흩어져 도망 갔다. 화장실에서는 악취가 났고, 리놀륨을 깐 바닥은 다 닳아 헐어 있었다. 할아버지는 소변의 대부분을 변기 주변에 흘렸지만, 그래도 매일 목욕을 했고 한여름에도 조끼까지 갖춘 멋진 양복에 빳빳하게 풀 먹여 다린 흰 와이셔츠를 입고 다녔다. 할아버지에게 가까이 가면 캐멀 담배, 베이 럼 로션, 잭 대니얼 냄새가 풍겼다. 어머니

루시아와 몰리, 엘패소, 1944.

한테서는 캐멀 담배와 타부 향수와 잭 대니얼의 냄새가, 존 삼촌한
테서는 델리카도 담배와 테킬라 냄새가 났다.

　침실 한복판에 있는 할머니의 큰 침대를 파고들면 여러 냄새가
났는데, 그 모두가 숨 막힐 듯한 것들이었다. 할머니는 살갗 자체가
희고 축축했는데, 그 감촉과 체온이 에티오피아의 인제라(injera) 빵
과 똑같았다. 치과의사인 할아버지의 조수로 일했던 할머니는 꽉
끼는 코르셋을 껴입고 오랜 시간 동안 서서 일해야 했다. 그래서 매
일 밤이면 아픈 발을 어브조빈 주니어*로 문질렀고 냄새 독한 약을

----

* 　한국의 물파스와 비슷하다.

발가락 티눈에 발랐다. 나는 할머니의 머리를 빗겨주길 좋아했다. 할머니의 머리카락은 여전히 검었고 숱도 풍성하고 부드러웠으며, 무릎에 닿을 만큼 길었다. 잠옷을 입고 있을 때 할머니는 머리를 한 가닥으로 길게 땋아 늘이곤 했는데, 그래서인지 취침 전 기도를 할 때의 모습이 소녀 같아 보였다.

거실과 식당에는 동양산 양탄자가 깔려 있었고, 상점처럼 가구가 빽빽하게 차 있었다. 그 값비싼 고가구들은 림로드에 있는 집을 은행에 빼앗기고 나올 때 가지고 온 것들이었다. 할아버지는 음주벽이 있었으며 치과 일을 그르치고 대공황 시기를 지나면서는 그나마 가지고 있던 돈도 바닥냈다. 할머니는 빗자루 한 번 잡는 일이 없었지만 마호가니 탁자나 대리석이 얹힌 탁자를 닦고 무늬가 새겨진 목재 찬장의 먼지를 털고 은으로 된 식기들을 닦는 일에는 매번 몇 시간씩 들였다.

식당에 있는 항아리 모양의 난로 가까이에, 그리고 거실의 큰 라디오 옆에는 각각 할아버지가 주로 앉는 커다란 가죽 흔들의자가 있었다. 할아버지는 가끔 나를 잡아 무릎에 앉히고 내가 울어도 아랑곳하지 않은 채 그 의자에 앉아 흔들거렸다. 퇴근해서 귀가하면 할아버지는 거기 앉아 담배를 피우면서 시사해설가 H. V. 캘튼본(H. V. Kaltenborn)의 방송을 들었고, 신문을 읽고 나면 한 장씩 찢은 뒤 커다란 빨간 재떨이에 넣어 태웠다. 할아버지는 저녁에도 라디오 쇼를 들을 때가 있었다. 할머니는 내 동생을 곁에 둔 채 무릎 위에 성경책을 펼쳐 놓고 앉아서 함께 라디오를 듣곤 했다. 할아버지는 저녁 시간 대부분을 엘크스 회관에 가서 보냈고 어머니는 포머로이 씨 집에서 브리지 게임을 하거나 후아레스로 놀러 나갔다. 할아버지와 어머니는 각자의 방에서 따로 식사를 했으며 서로 한마디도 하지 않았다. 할머니와 내 동생은 부엌에서, 나는 식당의 덩컨 파이프 식탁에서 에밀리 포스트(Emily Post)의 칼럼이나 『바틀릿 명언집(Bartlette's Quotations)』을 읽으며 밥을 먹었다.

존 삼촌은 텍사스의 다른 도시나 멕시코에 가 있다가 집에 오곤 했다. 그때마다 소를 돌보는 일을 하다 왔다고 했는데 사실인지 아닌지는 알 수 없다. 집에 와 있는 동안 삼촌은 창고에 고가구 수리 작업장을 차리고 뒤뜰에서 일했으며, 잠은 뒤뜰 쪽 포치에서 낡은 누비이불들을 침낭처럼 돌돌 말고 잤다. 매일 아침 눈을 뜨면 나는 제일 먼저 포치로 가서 삼촌이 아직 있는지, 또는 집에 돌아왔는지 확인했다.

삼촌이 집에 머무는 동안엔 만사가 순조로웠다. 삼촌은 우리 모두에게 웃음을 주었고, 우리 모두에게 말을 걸었으며, 우리 모두의 말에 귀를 기울이는 유일한 식구였다. 나를 기차 제일 뒤에 있는 승무원 칸에 데려가주는가 하면 멕시코 후아레스나 동물원 구경을 시켜준 것도 삼촌이다.

나는 밤이면 어두운 복도를 지나 화장실에 가는 게 겁났다. 보이지 않는 유령, 그리고 바보 미치광이처럼 자주 방에서 불쑥 튀어나

오곤 했던 할아버지와 어머니가 무서워서였다. 존 삼촌은 "하나님이 나를 지켜줄 거야. 하나님이 나를 지켜줄 거야"라고 기도하며 냅다 뛰라고 알려줬다. 삼촌은 나한테 여러 가지 질문을 던졌고 이런저런 이야기를 해주기도 했다. 돌로레스 때문에 마음이 아팠던 이야기도 그중 하나였다. 존 삼촌은 실제로 요리를 할 줄 알았고, 삼촌과 나 둘 중 누가 슬퍼하거나 두려움을 느끼면 이렇게 말하곤 했다. "이런 때는 엔칠라다를 해먹어야지!"

존 삼촌과 삼촌이 키우던 개, 린다.

애리조나주 파타고니아

트렌치 광산은 파타고니아에서 차로 한 시간 걸리는 위쪽 산속에 있었다. 전쟁이 끝난 뒤 아버지는 그 광산의 소장으로 부임했다.

그곳에서 모두 매일 행복하게 살았다고 할 수 있을까? 우리 식구 모두의 기억은 늘 그랬고 특히 어머니는 더욱 그렇게 기억하고 있었다. 그곳에 살 때 어머니는 술을 마시지 않았고 예쁜 옷을 입고 다녔다. 또 『요리의 즐거움(The Joy of Cooking)』이라는 요리책을 보고 요리를 했는데, 악마의 음식이라는 초콜릿 케이크까지도 만들었다.

제련소 소장과 지질학자들, 또 다른 기술자는 아내들과 언덕배기의 다른 집에 살았다. 다른 한 부부는 자녀가 여럿이고 그중 빌리라는 아들이 있었는데, 내가 켄트슈리브와 친했다면 빌리는 몰리와 친했다. 빌리와 몰리는 각각 순한 고양이 한 마리씩을 안고 땅에서 주운 것들을 작은 손수레에 담으면서 언덕을 싸돌아다녔다.

언덕 위에 사는 부부들은 우리 부모님과 친하게 지냈다. 그들은 브리지나 포커, 카나스타 카드 게임을 하는가 하면 함께 소풍을 가거나 각자 준비한 음식을 들고 모여 함께 식사하기도 했다.

그 집은 우리 부모님이 마련한 최초의 집다운 집이었다. 부모님은 거실을 풋사과색으로, 몰리와 내 방을 각각 복숭아색과 크림색으로 칠했다. 가구는 노게일스에 있는 가구점에서 샀고, 소파 뒤 벽

트렌치 광산. 애리조나주 파타고니아.

루시아. 파타고니아. 1947.

에는 투손에서 사온 카우보이 그림을 걸었다. 아버지는 잔디를 깎았고 봄에는 채소를 심었으며 장미와 튤립과 히아신스도 가꿨다.

몰리와 나는 하쇼에 있는 교실 한 칸짜리 학교에 다녔다. 내 책상에서 창밖을 내다보면 패럴 방목장이 보였다. 연갈색 몸통에 갈기와 꼬리가 흰 팔로미노종 말을 키우는 곳이었다. 꽃이 만발한 들판을 유유히 달리는 팔로미노종 암망아지 라모나의 모습에 나는 반하고 말았다. 라모나는 뒷발을 차며 뛰어다녔다.* 사람들이 이 이상한 표현을 참 자주 쓴다는 게 난 흥미롭다. 그 사람들은 모두 들판에서 뛰어노는 망아지들을 실제로 보고서 그 표현을 쓰는 것일까?

트렌치에서 살던 시절, 저녁을 먹고 나면 우리는 쓰레기를 내다 버리곤 했다. 나는 집 뒤쪽에 있는 붉은 바위 절벽으로 가서 깡통과 병을 절벽 너머로 던지는 일을 맡았다. 음식 찌꺼기는 모두 퇴비 더미에 버렸고 판지 같은 것들은 녹슬고 낡은 소각로에 넣어 태웠다. 쓰레기 버리는 일은 의식처럼 행하는 가장 즐거운 일과였고, 어쩌면 우리가 가족으로 유일하게 함께한 일이었을 것이다. 애리조나의 하늘은 늘 아름다웠다. 맑은 하늘에 뜬 풍만한 뭉게구름은 바위산을 배경으로 해가 질 때 주황색과 붉은색으로 물들었다. 사방이 탁 트인 그곳에 서면 멀리까지 내다보였다. 발치 아래 계곡을 내려다보고 고개를 들면 보랏빛의 삐죽삐죽한 볼디산이 눈에 들어왔다.

• '뒷발을 차다(kick up one's heels)'는 '죽다'라는 뜻을 갖는 관용적 표현이기도 하다.

날이 어두워지도록 그곳에 서 있노라면 소각로의 불빛이 우리의 얼굴을 밝혔다. 우리가 키우던 개 메이블과 몰리의 고양이 벤은 풀밭에 웅크려 앉아 있고, 밤하늘에 금성이 반짝이기 시작하면 쏙독새가 우리가 서 있는 곳 하늘 위를 빙빙 돌았으며, 박쥐가 번개처럼 날아다녔다. 우리는 늘 금성이 뜨는 반짝이는 순간을 보기 위해 기다렸지만 금성은 우리가 모르는 사이 어느 순간 하늘에 나타났다.

사슴들은 자주 광산에 나타나 우리에게 가까이 다가왔다. 호저와 긴코너구리가 시냇물로 가는 길에 우리 가까이를 지나가기도 했다. 만자니타 관목숲 사이로 우아하고 힘차게 슥슥 소리를 내며 번개같이 질주하는 퓨마도 우리 모두는 여러 번 보았다.

정원을 가꾸는 테드.

몰리와 루시아, 파타고니아.

칠레 산티아고의 에르난도 데아기레 1419번지

길모퉁이 큰 터에 자리 잡은 튜더식 이층 가옥. 잔디와 정원이 있는 집. 철쭉과 진달래, 등나무, 붓꽃이 피는 봄이면 정원은 특히 아름다웠다. 향기로운 유실수와 수선화에 이어 스위트피, 비단향꽃무, 참제비고깔, 백합, 장미가 여름 내내 피고 가을에는 달리아와 국화가 만발했다. 마누엘이 정원을 가꾸었고 그의 어린 아들은 온종일 시든 꽃을 잘라주었다.

우리 집은 라스 릴라스 도로에서 가까웠고 근처엔 너무 현대적인 엘 보스케 성당이 있었다. 이곳은 당시 산티아고에서도 아름다운 동네였다. 몰리와 나는 가까이에 있는 산티아고 여학교에 다녔다.

정원으로 나가는 두 짝짜리 격자 유리문이 있는 우리 집은 작으면서 아취(雅趣)가 있었다. 마루는 나뭇조각 모자이크로, 벽난로는 대리석으로 만들어져 있었다. 방에 난 창으로는 맑고 푸른 하늘과 눈 덮인 안데스산이 눈에 들어왔고 바로 아래에는 가로수가 늘어선 도로가 보였다. 몇 주 동안만 그랬을 테지만 내가 기억하기로 그 방에선 항상 히아신스 향기가 풍겼다.

안데스 산맥에는 기슭이 없는 듯 보였다. 아콩카과산은 삐죽삐죽하고 장엄한 봉우리들 사이로 놀랍도록 위로 높이 치솟아 있었고, 봉우리를 덮은 눈은 하루 동안에도 계속 색깔이 달라 보이다가 저

녘이면 자홍색과 빨간색, 산호색, 부드러운 노란색을 띠었다.

집 안에는 화려한 프랑스풍 고가구들이 있었다. 가구가 집에 도착했을 때 어머니는 비탄에 젖었다. "아, 난 이 가구들이 안 어울릴 거란 걸 알았어." 집과 안 어울리긴 그림들도 마찬가지였지만, 그래도 보기는 좋은 그 그림들은 뭐랄까, 프랑스 화가 코로(Corot)의 흐릿한 그림 같았다. 벽에 걸 그림을 고르는 일에 주눅이 든 어머니는 그림 대신 금박 프레임에 끼운 거대한 거울을 여러 개 걸어놓았다. 거실과 식당을 밝히는 샹들리에가 잦은 지진이 있을 때 미친 듯 짤랑거리면 간담이 서늘했다.

마리아와 로사는 자그마한 부엌방에 기거했다. 처음엔 아버지가 그들에게 할 일을 시켰지만, 스페인어를 빨리 습득한 뒤부턴 내가 가사를 책임졌다. 그리고 그들에게 할 일을 지시하고, 식단을 정하고, 그들에게 돈을 줘서 장을 봐오게 하고, 영수증을 확인하고, 무언가 잘못되면 꾸짖는 일까지 도맡았다.

마리아와 로사는 내가 아무리 가르쳐줘도 차고에 있는 세탁기를 쓸 생각을 하지 않았던 탓에 세탁기 돌리고 세탁물을 내다 너는 일은 내가 직접 했다. 그때만 해도 1회용 생리대가 없던 시절이라 그들은 물통과 호스가 있는 잔디밭에 앉아 몇 시간씩 피 묻은 천을 빨곤 했다.

커다란 식탁 아래의 바닥엔 다음 요리를 내오라고 하녀를 부를 때 쓰는 초인종이 설치되어 있었다. 나는 그 식탁에서 혼자 식사를

산티아고로 가는 배 위에서, 1949.

했고, 그 초인종을 아주 즐겨 사용했다. 아버지는 늘 외식을 하거나 볼리비아 또는 페루, 칠레 북부의 광산으로 출장을 다녔다. 몰리는 부엌에서 마리아, 로사와 함께 일찍 저녁을 먹었고 어머니는 항상 침대에서 식사를 했다.

어머니는 이제 거의 침대에서 살다시피 했다. 산티아고의 사교계에 주눅이 들었던 것이다. 다만 영국인인 모티머 부부와 브리지 게임을 하거나 예수교 사제들과 포커를 하는 것만은 편하게 생각했다.

아래층 뒤쪽엔 판석이 깔린 테라스로 나가는 큰 방이 있었다. 가족실이라고는 했지만 그곳을 쓰는 사람은 나뿐이었다. 나는 학교에서 사귄 칠레인과 미국인 친구들, 영국의 이튼 칼리지 같은 엘리트 학교 그레인지 스쿨의 남학생들과 매주 그 방에서 춤을 추며 놀았다. 우리는 주로 〈나이트 앤드 데이(Night and Day)〉〈프레네시(Frenesi)〉〈아디오스 무차초스(Adios Muchachos)〉또는 샤를 트레네(Charles Trenet)의 〈라 메르(La Mer)〉나 〈마이 풀리시 하트(My Foolish Heart)〉같은 곡에 맞춰 탱고와 룸바를 췄다. 볼을 대거나 손을 잡고 추진 않았음은 물론 폴로에나도(poloenado), 즉 애인 사이가 되기 전에는 키스도 하지 않았다.

나는 상당히 예쁜 아이였고 아름다운 옷을 입고 다녔다. 친구들도 모두 나처럼 경박한 응석둥이였다. 우리는 양장점과 헤어살롱, 제화점에 함께 갔고 카레라 거리나 아우마다 거리의 음식점에서 점심을 먹었으며 사치스럽게 크리용 호텔이나 서로의 집으로 몰려가 차를 마시곤 했다.

우리는 안데스의 포르티요에서 스키를 타며 겨울을 났고 여름은 알라로보와 비냐 델 마르 같은 해안 지방에서 보냈다. 평소에는 영국 왕세자 컨트리클럽에서 럭비와 크리켓 경기를 보고 테니스나 골프를 쳤으며 주말이면 영화를 보거나 나이트클럽, 무도회에 다녔다. 그렇게 밤을 샌 이튿날 아침엔 곧잘 이브닝드레스 차림으로 엘 보스케 성당에서 미사를 드리곤 했다. 몰리와 나는 매일 아침 일찍 일어나 초인종을 눌러 하인들에게 아침 식사를 가져오게 했다. 초인종을 한 번 누르면 카페라테, 두 번 누르면 코코아를 과일 및 토스트와 함께 가져오라는 신호였다. 로사는 밤이면 벽돌들을 따뜻하게 데워 우리 이불 속 발치에 넣어주었고 이튿날 입을 교복도 챙겨놨

다. 교복은 빳빳하게 풀 먹인 흰 칼라와 소매가 달린 짙은 녹색의 모직 옷에 갈색 스타킹과 튼튼한 구두, 갈색 재킷, 리본 달린 둥근 챙모자였다. 깨끗하게 빨아 풀을 먹여 다린 흰 앞치마도 준비했다. 학교에서 교복 위에 덧입는 이 앞치마는 사실 실험실 가운에 더 가까웠다. 학교까지 걸어가는 긴긴 길의 양쪽에는 아름다운 주택과 정원, 가로수가 줄지어 있었다. 혁명이 일어나기 오래전이었던 당시만 해도 우리가 살던 세계는 풍요롭고 안락했다.

아름답고 오래된 산티아고 여학교는 붉은 지붕을 얹은 세 동의 석조 건물로 이루어져 있었다. 아치형 문들은 등나무로 뒤덮였고 테라스의 타일 바닥은 반들반들 윤이 났다. 세 동의 건물은 대단히 큰 장미 정원 주위를 빙 둘러 서 있었고 벤치가 있는 정원에는 갈퀴

몰리와 루시아, 1952.

로 긁어 고른 길이 나 있었다. 학교 아래층엔 극장과 체육관, 하키장과 배드민턴장이 있었다. 느릅나무와 단풍나무, 유실수가 많았고, 고등학교 건물 바깥에는 호수까지 갖춘 커다란 정원이 또 하나 있었다.

학교 수업은 따라가기가 힘들었다. 영어 과목 외의 모든 수업이 스페인어로 진행되었고, 스페인 문학을 제외한 다른 과목들은 교과서가 없었다. 선생님들이 매 시간 쉬지 않고 전달하는 강의 내용을 우리는 한 자도 빠짐없이 필기했다. 몇 달 동안 이 짓을 하고 난 뒤엔 반 친구의 공책을 빌려 틀린 데가 없는지 대조했다. 시험 볼 때는 그렇게 수정한 것을 그대로 적어 내기 위해서였다. 역사와 철학 시험은 내가 이해하지도 못한 채 답지를 써냈음에도 성적이 잘 나

산티아고 여학교, 1953년 12월. 베아트리스 레이스, 게일 야버로, 로나 글래드스톤, 콘수엘로 '콘치' 카펠리니, 루시아. (로나 주리 글래드스톤의 허락을 받아 복제한 사진임.)

왔다. 학교 수업은 상당히 어려웠다. 우리는 프랑스, 화학, 수학, 물리학 과목도 공부해야 했는데, 스페인어 수업에서는 내가 훗날 대학원에서 읽은 것보다 더 많은 스페인 및 남미 작가들의 소설과 시를 읽었다. 우리는 두 학년에 걸쳐『돈키호테(Don Quixote)』를 읽으며 매일 각 장에 대해 상세히 토론하는 식의 수업을 했다. 어느 수업에선가 세르반테스(Cervantes)의 한 작중인물이 정신병원에서 자기는 언제고 원하면 비를 내리게 할 수 있다고 말하는 대목을 읽은 나는 작가란 아무것이나 원하는 대로 다 쓸 수 있는 사람임을 알게 되었다.

학교에선 매달 지진 대피 훈련이 있었는데, 그럴 때면 우리는 모자와 장갑을 착용한 뒤 2열 종대로 신속하고 조용히 장미 정원으로 집합했다. 두세 달에 한 번은 약하게나마 진짜 지진이 일어났다. 모든 선생님들은 심한 지진이 일어났던 때를 기억하고 있었다. 그래서인지 언젠가 물리 시간에 경보가 울리자 페냐 선생님은 문 쪽으로 내달았고 그 바람에 나는 선생님과 부딪쳐 넘어지기도 했다.

그로부터 먼 훗날, 그때의 급우 중 많은 이들이 혁명의 와중에 세상을 떠났다. 혁명 전선에서 싸우다 죽은 친구들도 있고, 자신들이 알고 있던 세상이 사라졌기 때문에 나중에 스스로 목숨을 끊은 친구들도 있었다.

뉴멕시코주 앨버커키, 뉴멕시코대학교의 호코나 홀

　아름드리 미루나무와 느릅나무, 어도비 벽돌로 지어진 건물이 있는 멋진 캠퍼스. 사방의 바랜 청바지색 하늘 아래로는 마치 텍사스처럼 바위투성이 산과 사막이 펼쳐졌다. 내 기숙사 룸메이트 수잰의 어머니는 오클라호마에서 매달 1회용 생리대를 보내왔다. 영어로는 어떻게 말하는지 몰랐지만 나는 칠레에 있는 내 친구들에게 "내 룸메이트는 우리 같은 부류가 아니야"를 뜻하는 표현으로 수잰을 묘사한 편지를 썼다. 수잰과 나는 커튼과 서닐 침대보를 초록색으로 정하는 데 합의했다. 나는 고흐의 해바라기 그림들, 푸타와 푸

뉴멕시코대학교, 1954.

콘에서 찍은 사진, 콘치와 스키장에서 찍은 사진, 그레인지 럭비팀 사진을 내 쪽 벽에 걸었다.

미국에 관한 모든 것이 내게는 낯설었다. 대부분의 수업은 수강생 수가 많았고 내용은 피상적이었다. 스페인 문학 과목에서 나는 내가 좋아하는 라몬 센더(Ramón Sender)가 가르치는 상급반 수강을 허락받았다. 그는 스페인에서 망명한 소설가였다.

나는 저널리스트가 아닌 소설가가 되고 싶었음에도 저널리즘을 전공으로 선택하는 실수를 저질렀다. 하지만 학교에 다니면서 하게 된 신문기사 교정 업무는 재미있었다. 이 일을 했던 덕에 나는 별도의 기숙사 열쇠를 갖고 밤늦게도 출입할 수 있었다.

당시 몇 안 되는 멕시코계 미국인 학생 중 하나였던 루 수아레스는 스포츠 담당 기자였다. 나이 서른 살의 그는 제대군인원호법의 혜택을 받아 학교에 다니고 있었다. 처음에는 그저 상냥하고 재미있는 누군가와 스페인어로 대화할 수 있게 되어 좋았는데 우리는 곧 사랑에 빠졌다.

대개의 사람들은 자신의 연애를 다른 어떤 연애보다 더욱 대단한 것으로 생각하기 마련이다. 내게 그는 첫사랑이었고, 나는 사랑에 빠진 사람들 모두가 우리와 같은 감정을 느끼리라 생각했다. 그런데 나중에는 우리의 사랑이 다른 어떤 사랑보다 더 근사한 것임을 알았다.

학교 관리인 토마와 그의 아내 엘레나가 우리에게 청소용품 보관실의 열쇠를 주었다. 보관실에는 사다리로 연결되는 지붕이 있었고, 그 지붕 위로는 미루나무 가지가 뻗어 있었다. 우리는 그 지붕에 매트리스를 올려다 놓았고, 강의 시간이 비거나 일이 끝난 뒤엔 그리로 올라가 미루나무 가지를 지붕 삼아 사랑을 나누고 함께 이야기도 했다. 그렇게 밤을 새우고 나면 나는 사감 선생님이 기상하기 전에 몰래 기숙사로 돌아가곤 했다. 우리가 일하는 건물은 나이 많은 미루나무들에 둘러싸여 있었는데, 지붕에 누워 있노라면 그 위에 드리운 미루나무 가지 사이로 별과 달이 언뜻언뜻 보였다. 지붕 가장자리의 돌출 선반도 우리를 가려준 덕에 맥주가 든 아이스박스와 전등을 옆에 놓고 공부도 할 수 있었다. 우리는 촛불을 켜고 토마스와 엘레나를 지붕으로 불러 센트럴 가도(街道), 즉 66번 도로 건너의 피그펜에서 사온 햄버거와 함스 맥주로 저녁을 먹기도 했다.

겨울이 왔어도 우리의 휴식처는 발각되지 않았다. 겨울에 지붕으로 올라가면 방수포를 씌워 놓은 매트리스까지 엉금엉금 기어가야 했지만 우리는 그때도 몇 달 동안 그곳에서 사랑을 하고 끝없이 이야기를 나누거나 서로에게 책을 읽어주었다.

그런데 사감 선생님이 어쩌다 그걸 알아버렸다. 선생님은 나의 부모님에게 내가 멕시코인과 지붕 위에서 성관계를 한다는 내용의 편지를 보냈다. 종결.

부모님은 1월 1일에 비행기를 타고 날아와 이틀간 머물렀다. 그리고 여름 학기까지 마치면 나를 휴학시키고 1년간 유럽에 보내기로 결정했다. 아버지는 루에게 돈을 줄 테니 나를 더 이상 만나지 말라고 했고, 그러는 아버지의 얼굴에 루는 침을 뱉었다. 그 일로 루와 나 사이에 굉장한 싸움이 붙었다. 나는 루의 차에 탔고, 루는 당장 자기와 결혼하자고 했다. 나는 고작 열일곱 살이고 결혼할 준비도 안 되어 있다고 말하자 그는 나를 밀어 차에서 내리게 했다.

나는 루의 전화를, 또 그가 언제고 다시 나타나기를 계속 기다렸다. 그러나 그는 끝까지 그렇게 하지 않았다.

앨버커키의 리드 스트리트

루와 헤어지고 몇 달 뒤 나는 폴 서트먼을 만났다. 그리고 부모님이 주선한 SS 스타방에르 피오르호를 타고 유럽으로 떠나기 직전에 그와 결혼했다. 그때는 내가 사랑에 빠졌다고 생각했을 뿐, 유럽에 가지 않기 위해 그와 결혼하는 거란 생각은 들지 않았다. 폴에게선 내가 루에 대해 가졌던 믿음이나 애틋한 감정을 느끼지 못했다. 조각가였으며 재능이 뛰어나고 활동적인 사람이었던 폴은 내게 경외의 대상이었다.

폴에게 뜨거운 커피가 담긴 컵을 줄 때면 나는 뜨거운 컵의 몸통을 잡고 손잡이 쪽이 그를 향하게 내밀었고, 그의 팬티는 다리미질로 따뜻하게 해서 주었다. 나는 사람들에게 늘 이 이야기를 해주는

앨버커키. 1956.

부부가 된 폴 서트먼과 루시아 벌린. 1956.

데, 그러면 모두가 웃는다. 그런데 뭐 사실인 걸 어쩌랴.

　나는 옷도 폴이 시키는 대로 항상 검은색이나 흰색으로 입었다. 긴 머리카락은 검게 염색했고 아침마다 고데기로 곧게 폈다. 눈 화장은 짙게 했지만 립스틱은 바를 수 없었다. 폴은 코끝이 들린 것이 나의 '주요 결함'이라면서, 잠을 잘 때는 베개에 얼굴을 파묻고 엎드려 자게 했다. 물론 나에게는 그보다 더 큰 결함인 척추옆굽음증이 있었다. 내 벗은 몸을 본 폴이 제일 처음 한 말은 "아니 저런! 비대칭이네"였다.

　음식점이나 주점에 가서 앉아 있을 때나 심지어 집에 있는 현대식 티크나무 식탁의 딱딱한 티크나무 의자에 앉아 있을 때에도 폴은 내 자세를 교정하곤 했다. 턱을 조금 더 쳐들라거나 고개를 왼쪽으로 조금 돌리라고, 또는 식탁에 얹은 손을 내려놓으라거나 비가 오는지 보는 것처럼 손을 펴고 한쪽 팔꿈치에 몸을 기대라 하는가 하면 다리를 꼬고 앉으라고, 또는 꼬지 말라고 하는 식이었다. 그는 내가 지나치게 자주 웃는다거나 섹스할 때 신음 소리가 너무 요란하다는 지적도 했다.

가구를 사도 폴이 골랐는데 전부 검은색이나 흰색, 아니면 갈색 계통이었다. 목 부위에 약간의 분홍빛이 도는 자바 사원 새들의 새장마저 검은색이었다. 벽에는 몬드리안(Mondrian)의 그림들이 걸려 있었다. 백랍 남베(Nambé) 재떨이, 아코마 도기, 산토도밍고 도기, 훌륭한 나바호 양탄자. 그릇들도 검은색이었고 스테인리스 식기들은 현대식의 참신한 디자인이었다. 포크는 끝이 두 갈래로 갈라진 것이라 스파게티를 먹기가 곤란했다.

우리는 폴이 군대에 징집되지 않도록 아기를 낳았다. 그리고 마크가 태어난 지 몇 달도 채 안 되었을 때 나는 계획에 없던 두 번째 임신을 했다. 폴은 자신에게 유일한 해결책이 우리를 떠나는 것이라고 했다. 창작 보조금과 후원자, 피렌체에 있는 저택과 주물 작업장을 이용할 수 있는 기회가 그에게 주어졌던 것이다. 그리고 코끝이 들리지 않은 새 애인도.

그가 떠난 날 아침, 나는 제일 먼저 새들을 길 건너편에 사는 어떤 할머니에게 주었다. 몬드리안의 그림들을 떼어버리고 그 자리엔 고

1956년 9월 30일에 태어난 첫아들 마크와 루시아.

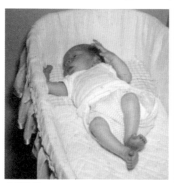

신생아 마크.

폴 서트먼.

흐의 해바라기 그림들과 엘비스 프레슬리의 포스터를 걸었다. 베이지색 소파에는 색이 야한 멕시코산 담요를 뒤집어 씌웠다. 입에는 분홍색 립스틱을 바르고 머리를 양 갈래로 땋았다.

폴이 집 안에 들어섰을 때 전축에서는 조 터너(Joe Turner)의 블루스 노래가 흘러나오고 있었고, 나는 맨발의 두 다리를 식탁 위에 얹은 채 옆집에서 빌린 담배를 피우던 중이었다. 그릇들은 설거지가 안 된 채였고 마크는 기저귀를 푹 적신 상태로 기어 돌아다니다 찬장의 냄비를 끌어내고 있었다. 폴은 집을 나선 지 20분도 채 못 가서 자동차가 고장 나 정비업체에 맡기고 집에 돌아왔던 것이다. 그는 집에서 벌어진 광경을 전혀 곱게 보지 않았다. 그 뒤 우리는 16년 동안 폴을 보지 못했다.

뉴멕시코주 앨러미다의 코랄레스 로드

나는 제프가 태어나기 전날 밤 레이스를 만났다. 프린스 보비 잭(Prince Bobby Jack) 블루스 재즈 밴드의 연주를 들으러 친구들과 스카이라인 클럽에 갔을 때였다. 어니 존스는 베이스를, 레이스 뉴턴은 피아노를 연주했다. 우리가 서로 소개받았을 때 레이스는 내게 이렇게 물었다. "태교란 걸 믿으세요?"

이튿날 제프가 태어났고 레이스는 내 친구들과 병원에 왔다. 그 뒤 몇 달 동안 나는 그를 자주 보았다. 그는 마크와 놀아주고 상점에도 같이 가주는 등 나를 많이 도와주었다.

그는 나와 결혼해서 나와 내 아이들을 돌보고 싶다고 했다. "내가 돌봐줄게."

우리는 오래된 어도비 하우스에서 살았다. 두꺼운 벽, 나무 들보, 소나무 마루, 흔들거리는 오래된 유리창으로 이루어진 집이었다. 미루나무숲에 둘러싸인 그 집은 사과 과수원과 옥수수 밭, 알랄파 밭에 면해 있었고 장엄한 산디아산과는 마주보고 서 있었다. 사방으로 펼쳐진 푸른 들판은 붉은깃찌르레기, 티티새, 꿩, 메추라기로 활기를 띠었다.

이 집에는 냉장고도 개수대도 가스레인지도 없었다. 장작을 때워 쓰는 풍로가 있긴 했으나 불을 때면 부엌이 정말 더웠다. 기저귀를 차는 아이가 둘이나 있었지만 수도 시설이 없어서 아이들을 밖에 데리고 나가 펌프 옆에 있는 물통에 넣고 씻겨야 했다. 설거지는 풍로에 물을 데워서 했고, 옥외변소라고 하나 있는 것은 우리 집 옆의

양철 지붕 어도비 하우스. 코랄레스 도로, 앨러미다.

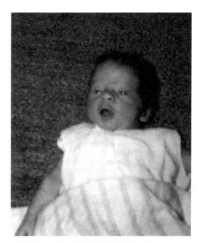

둘째 아들 제프. 1958년 4월 26일 출생.

작은 집에 사는 피트와 공동으로 써야 했다. 피트, 후유!

레이스는 어니의 집에서 샤워를 하고 옷을 갈아입었다. 나는 부엌에 커다란 양철 물통에 물을 채워 목욕을 했다. 기저귀 빨래는 바비의 집에 있는 세탁기를 빌려 쓰거나 4가에 있는 빨래방을 이용했다.

밥과 바비 크릴리는 우리 집에서 길을 따라 내려간 곳에 살았다. 그 무렵엔 워싱턴에서 온 에드 돈과 헐린 돈 부부가 그 집에 묵고 있었다. 밥과 에드는 시인이었다. 세 남자가 음악과 시에 관한 이야기를 나누는 동안 바비와 헐린과 나는 요리를 하거나 세탁물을 개거나 아이들을 돌봤다.

우리는 갈로 포도주를 마시며 몇 시간이고 이야기를 나눴고 웃음꽃을 피웠다. 당시 앨버커키를 거쳐 간 작가와 음악가는 그들 말고 더 있었다. 작가로는 앨런 긴즈버그(Allen Ginsberg)와 잭 케루악(Jack Kerouac), 색소폰 연주자 게리 멀리건(Gerry Mulligan), 재즈 피아니스트 딕 트워직(Dick Twardzik), 베이시스트 퍼시 히스(Percy Heath)가, 조각가 존 체임벌린(John Chamberlain) 그리고 영화제작자 스탠 브래키지(Stan Brakhage)도 있었다. 우리 모두는 시와 그림, 재즈 분야에서 가슴을 설레게 하는 시대의 일원이라는 느낌을 가졌다. 우리는 존 콜트레인(John Coltrane)과 마일스 데이비스(Miles Davis)의 연주, 찰스 올슨(Charles Olson)과 로버트 덩컨(Robert Duncan)의 시 낭송 테이프를 틀었고 레니 브루스(Lenny Bruce)의 공연을 보러 갔다.

나는 대부분의 시간을 우리 아이들과 혼자 그 하얀 어도비 하우스에서 보냈다. 피트가 술에 취해 귀가하면 가까이 오지 못하게 막았지만 펌프에 쓸 마중물이 없으면 그를 불렀다(그는 함스 맥주를 마중물로 쓰곤 했다). 레이스와 어니 존스가 연주 연습을 하는 오후 시간이면 종종 버디 벌린이 와서 함께 색소폰을 연주했다. 더운 날 대낮에 레이스가 없을 때 버디는 우리 집에 자주 들러 나와 아이들을 차에 태우고 나가선 아이스크림을 얹은 루트비어를 사주었다. 럼주와 과일을 섞고 얼음을 넣은 칵테일을 큰 보온병에 담아올 때도 있었는데, 그러면 우리는 집 뒤쪽 계단에 앉아 찰리 파커(Charlie Parker)나 레스터 영(Lester Young)의 음악을 듣곤 했다.

마크와 루시아.

제프와 마크. 코랄레스 로드, 앨러미다.

뉴멕시코주 산타페의 캐니언 로드

세이지와 라일락 능수버들에 둘러싸인 상자 모양의 집. 이 집에는 가스레인지를 갖춘 부엌과 세탁기, 벽난로가 있었다. 돈 부부와 어린 세 자녀뿐 아니라 우리 가족까지 들어가 있어도 좁지 않았다.

에드와 레이스가 일하러 나가 있는 동안 헐린과 나는 아이들에게 베아트릭스 포터(Beatrix Potter)의 책을 읽어주거나 빵을 굽거나 바느질 또는 다리미질을 했다. 에드는 캐니언 로드에 있는 클로드 음식점의 급사장이었고 레이스는 그곳에서 피아노를 쳤다. 클로드 음식점은 당시 산타페에서 목재 성인상이나 인디언 공예품, 장신구를 수집하는 재담 좋은 부자들과 예술가들 사이에서 인기를 끌던 곳이다.

헐린과 나는 남편들이 귀가할 때 잠을 깼다. 그들의 턱시도에선 담배 냄새가 물씬 풍겼다. 아이들은 벽난로 근처의 거실 바닥에서 자고 있고 우리는 부엌 식탁에 앉아 포도주를 마시며 그날 구워 아직 온기가 남아 있는 빵과 치즈를 먹곤 했다. 두 남자는 팁으로 받은 돈을 세며 산타페 예술계의 속물들은 물론 주인 여자인 클로드까지 욕했다. 벨벳으로 만든 나바호 셔츠에 호박꽃 목걸이, 인디언 부츠를 신은 클로드는 생긴 게 꼭 여장을 한 배우 찰스 로턴(Charles Laughton) 같았다. 클로드 음식점의 요리는 훌륭했고 음악과 서비스도 물론 일류였지만 에드와 레이스는 그곳에서 일하는 것을 싫어

했다. 시인인 에드 돈이 모든 손님을 '선생님'이라 불러가며 응대하고 레이스가 〈샤인 온, 하베스트 문(Shine On, Harvest Moon)〉 같은 단순한 곡을 연주하는 장면을 상상해보면 그럴 만도 했다.

그해 겨울 우리가 읽은 책은 많았다. 우리는 W. H. 허드슨(W. H. Hudson)과 토머스 하디(Thomas Hardy)의 모든 작품들을 읽었다. 독서는 한평생 나에게 은밀한 위안을 주었다. 나는 에드와 헐린에게 내가 읽은 책을 소개하고 그 책들의 구절들을 소리 내어 읽어주었다. 등장인물들과 장소, 그러니까 허드슨의 작품에 나온 남미 대초원과 하디의 작품에 나온 헤섹스 등의 장소에 대해 논하는 시간들은 무척 좋았다.

가끔은 버디가 앨버커키에서 차를 몰아 산타페까지 왔다. 그런

산타페의 클로드 음식점에서 연주하는 레이스 뉴턴.

마크와 제프. 뉴욕.

낮에는 헐린이 아이들을 봐주고 나는 버디와 함께 레이스의 연주를 들으러 클로드 음식점에 가곤 했다. 한번은 에드가 우리에게 메뉴를 주고 카베르네를 따라주었는데, 그러고 나선 내가 버디와 그러는 상황이 너무 경박하고 뻔해 보인다며 화난 어조로 낮게 말하기도 했다.

맨해튼의 웨스트 13가

레이스는 내가 버디와 바람 피웠던 일을 용서했다. 나는 그렇다고 생각한다. 둘이서 그 얘기를 한 적은 한 번도 없다. 우리는 뉴욕에서 새로운 생활을 시작했다. 처음 뉴욕에 갔을 때는 13가에 있는 터무니없이 작은 방 한 개짜리 아파트의 5층에서 살았다. 햇빛 잘 드는 밝은 그곳에서 창문을 열면 첨탑 모양의 배기구가 있는 다른 건물 옥상들, 그리고 비둘기들과 집 잃은 파란 앵무새들도 눈에 들어왔다.

이사 간 첫날 밤, 나는 창문에 걸터앉아 밖을 내다보았다. 전형적인 비상계단과 벽돌 건물들 사이로 분홍빛 석양이 보였다. 이웃에서 고성으로 싸우는 소리, 또는 두런두런 조용히 이야기를 나누는 소리가 들렸다. 나는 마음이 설렜다. 산다는 건 이런 것이다. 여기는 뉴욕이다! 그러나 곧 그 소리들이 내가 본 적 없는 TV라는 것에서 나는 소리임을 깨달았다.

나는 1층에 있는 골동품 상점에서 일자리를 얻었다. 복제화에 차나 식초를 묻혀 문지르고 작은 얼룩을 입혀 오래된 것처럼 꾸미는 일이었다. 내가 만나는 이들이라고는 골동품 상점 주인과 아파트 건물 관리인, 우리 바로 아래층 아파트에서 우리 아이들이 쿵쿵 뛰는 소리를 듣고 사는 할머니, 그리고 색소폰 연주자 프레드 그린웰이 전부였다.

레이스는 1년 동안 연주인 조합에 가입하지 못해서 용커스에 있는 스트립쇼 클럽, 혹은 뉴저지나 롱아일랜드에서 열리는 유대교 성인식이나 결혼식 같은 행사를 찾아다니며 연주 일을 얻어야 했다. 내가 버는 돈의 대부분은 아동복을 손수 만들어 파는 것에서 나왔다. 밝은 색 모직으로 젖먹이와 유아용 판초를 만들어 그리니치 빌리지의 어느 옷가게에 판 것이다. 그 옷들이 잘 팔려서 나는 의류 제조업체가 밀집해 있는 7번 애비뉴에서 나오는 천 조각들을 구해다가 밝은 모직 옷감에 장식을 다는 일에 많은 시간을 들였다.

나는 레이스의 잠을 방해하지 않기 위해 아이들을 데리고 아침 일찍 집을 나서서 워싱턴스퀘어나 센트럴파크, 자연사박물관 같은 곳을 돌아다녔다. 스태튼아일랜드 페리를 자주 탔고, 지하철을 타고 다니다 한 번도 내려보지 않은 곳에서 내려 그 동네를 탐사해보기도 했다. 마크는 제프가 탄 유모차를 밀고 다녔고 구겐하임 미술관을 굉장히 좋아했다.

우리 아파트 5층까지 걸어 올라가려면 한참이 걸렸다. 그런데 한

센트럴파크에 있는 마크, 제프, 루시아.

번 나갔다 들어오면 일단 제프와 유모차를 들고 올라간 뒤 다시 내려와 세탁물이나 장 봐온 것을 들고 올라가야 했다. 아이들이 낮잠을 잘 때 레이스는 피아노를 연습했다. 잠을 자거나 피아노를 치거나 집에 없거나 하는 게 그의 인생의 전부인 듯했고, 나한테는 거의 말도 하지 않았다. 나는 밤마다 바느질을 하거나 책을 읽거나 에드와 헐린에게 편지를 썼고, 심퍼니 시드와 이야기하거나 버디가 전화를 하면 그와 이야기를 나누었다.

뉴욕시 그리니치 스트리트

좋은 날들이었다. 레이스와의 관계가 나아졌고 달콤한 육체적 사랑도 다시 나누게 되었지만 여전히 대화는 거의 없었다. 로버트 프랭크(Robert Frank), 리처드 디벤콘(Richard Diebenkorn), 마크 로스코(Mark Rothko), 알베르토 자코메티(Alberto Giacometti) 등 좋은 예술가들의 전시회를 많이 관람했고 마일스 데이비스, 스콧 라파로(Scott LaFaro)와 빌 에번스(Bill Evans), 존 콜트레인, 델로니어스 몽크(Thelonious Monk), 디지 길레스피(Dizzy Gillespie) 등 많은 뮤지션들의 공연도 보았다.

웨인 쇼터(Wayne Shorter), 지미 네퍼(Jimmy Knepper), 프레드 그린웰 같은 훌륭한 뮤지션들은 우리가 살고 있는 로프트에 와서

레이스 뉴턴. 그리니치빌리지.

루시아. 그리니치빌리지.

레이스와 즉흥 연주를 하기도 했다. 레이스의 연주가 대단했다.

새로 이사 온 곳에선 우리 모두가 행복했다. 레이스는 피아노를 칠 수 있었고 나는 아이들에게서 뚝 떨어져 책을 읽거나 글을 쓸 수 있었다. 아이들이 뛰어다니고 세발자전거를 타며 놀아도 레이스의 수면을 방해하지 않을 정도로 넓은 로프트 아파트였다. 우리 부부의 더블베드와 식탁다운 둥근 테이블을 놓을 공간도 있었다.

햄을 훈연하는 공장 위층에 있었던 우리 로프트는 한쪽 벽 전체에 키 큰 창문이 나란히 나 있었고 그 너머로는 허드슨강이 보였다. 이 로프트 건물이 있던 자리에 훗날 세계무역센터가 들어섰다. 건물의 다른 한쪽에 면해 있는 워싱턴 마켓에는 밤마다 몇 블록에 걸쳐 장이 섰고 밝은색의 오렌지와 라임, 사과를 비롯한 온갖 과일과 채소가 새벽 여섯 시까지 거래되었다. 우리 로프트를 둘러싼 몇 블록은 주차장들이라 밤과 주말이면 텅 비었다. 마크와 제프는 그곳에서 세발자전거를 타는가 하면 장난감 수레나 공을 가지고 놀았고 눈이 오는 날엔 썰매를 탔다.

마크와 제프의 방은 예전에 기계 공작실이었는데 레이스는 그 방 안에 정글짐, 미끄럼틀, 그네 두 개를 들여놓아 놀이터로 만들어주었다. 그는 장난감을 넣어두는 근사한 나무상자를 만들고 그것에 반들반들한 빨간색 칠을 해주었다. 레이스는 말없이 상냥하고 정말 좋은 사람이었지만, 말이 없는 게 내게는 너무 잔인하게 느껴졌다.

전에 살던 세입자는 화가들이었는데, 그들은 색색의 줄이 그어진 거대한 캔버스를 많이 남겨둔 채 이사를 갔다. 우리는 그것들을 큰 공간을 나누는 벽으로 쓰기도 하면서 인형의 집처럼 내부 구조를 이리저리 바꿨다.

빨랫줄과 화단, 의자가 있는 옥상은 우리 집 마당이었다. 우리는 의자에 앉아 예인선과 바지선을 바라보곤 했다. 조금 떨어진 곳에는 시청과 트리니티 교회가 보였다.

진짜 아파트로 개조된 위층에는 데니스 레버토브와 미치 굿먼, 그들의 아들이 입주했다. 새로 이사 간 그곳이 좋았던 우리 두 가족

제프. 1960년 겨울.

마크. 워싱턴 스퀘어 파크

은 함께 동네 이곳저곳을 살피며 돌아다녔다. 큰길을 따라 내려가면 풀턴 어시장과 트레프리치 펫숍이 있었는데, 마크와 제프는 그곳에서 늘 하는 일이 있었다. 우리가 펫숍 옆에서 커피를 마시는 동안 앵무새에게 "안녕하세요, 시모어!"라는 말을 가르치는 일이었다. 매일 거의 한 시간 동안 그 말을 반복해서 들려주길 일주일 정도 했을 무렵 앵무새가 드디어 "안녕하세요, 시모어!"를 말하기 시작했고, 한 번 그러고 나니 그 말을 계속 반복했다. 그리고 며칠 뒤, 월스트리트에서 일하는 시모어라는 이름의 사람은 점심을 먹으러 풀턴 스트리트로 향하던 길에 그 소리를 듣고선 그 앵무새를 사지 않을 수 없었다. 그러자 마크와 제프는 새로운 앵무새를 가르치기 시작했다. "너 아는 게 뭐야, 조?" 또는 "달려, 새미, 달려!" 같은 말들이었다.

밤에는 동네가 조용했다. 저녁부터 농산물 장이 서는 자정까지는 차도 별로 안 다녔다. 나는 멀리 강 하류로 내려가는 작은 배와 짐배를 물끄러미 바라보곤 했다. 길거리를 내려다보면 건물들 문간에 옹기종기 모여 술병을 돌리는 사람들, 기름 드럼통에 지핀 불을 쬐는 사람들이 보였다. 돛을 수선하는 늙은이가 말이 끄는 삐걱대는 마차를 타고 우리 로프트 앞을 지나갈 때도 있었다.

그 로프트에서 겨울을 나기는 쉽지 않았다. 난방과 온수는 오후 다섯 시면 끊겼고, 주말에는 밤은 물론 낮에도 그 상태로 지내야 했다. 아이들은 장갑과 귀마개까지 착용하고 잠자리에 들었으며 나는 오븐 옆에서 장갑 낀 손으로 글을 썼다. 낮에는 아이들을 데리고 따뜻한 곳을 찾아다녔다. 가장 따뜻한 곳은 브루클린 미술관과 헤이든 천문관, 14가의 클라인 백화점이었다.

정말 지독히 추웠던 어느 날 밤, 나는 작은 편에 속하는 캔버스 세 개를 오븐 주위에 놓고 못으로 연결한 뒤 아이들을 그 안에서 재웠다. 이렇게 해놓고 보니 내가 추운 바깥에 있게 됐네, 하며 나도 모르게 말했고 그런 나 자신이 우스워 웃고 있는데 밖에서 노크 소리가 들렸다. 브랜디 한 병과 아카풀코행 비행기표 네 장을 가지고 버디가 온 것이었다.

미라도르 호텔

아카풀코의 추억은 『코끼리 왕 바바(Babar the Elephant)』에 나오는 그림 같은 어린애 느낌의 스냅사진처럼 떠오른다. 절벽 가장자리엔 호텔이 있었고 그 위로는 야자수가 그늘을 드리웠다. 세일러복을 입은 아이들은 대여한 파란 세발자전거를 타고 빨간 범포(帆遍)로 주위를 두른 트랙을 빙빙 돌았다. 밝은 색의 택시. 천장에 나무 날개 선풍기가 달린 카페와 앵무새. 버디와 나는 교회 앞 연철 벤치에 앉아 있었고 마크와 제프는 광장 잔디밭에 들어가 새로운 친구와 구슬놀이를 했다. 해변에 쌓은 모래성, 그리고 살갗이 갈색으

멕시코 아카풀코, 1961.

아카풀코에서 루시아, 제프, 마크.

로 탄 우리 아이들이 빨간 버킷과 삽을 든 채 양손을 허리에 대고 서
있는 모습이 눈에 선하다. 버디와 나는 파란색과 흰색의 바닷가에
있는 오두막집 안에서 입을 맞췄다. 우리 모두는 잔잔한 파도가 이

는 칼레타 해변의 물속에 들어가 즐겁게 웃었다.

나무 겉창 틈으로 생강과 월하향 향기, 달빛과 별빛, 파도 소리가 새어 들어왔다. 우리는 아침이면 등산철도를 타고 후미진 암석 해안에 만든 초록색 타일의 풀장으로 내려갔다. 파도가 밀려와 암석에 부딪치면 흰 물보라가 풀장 안으로 튀었다. 나는 풀장 가장자리의 따뜻한 시멘트 바닥에 누워 수면과 같은 눈높이에서 버디가 아이들에게 수영을 가르쳐주는 모습을 구경했다. 수영을 가르치지 않을 때라도 그는 아이들이나 나를 붙들고 있곤 했다.

해변이나 광장, 카페에서 우리는 많은 이들을 만났다. 그들은 우리를 좋아해서 카페에선 자기들 테이블에 합석하자고 하거나 차를 함께하자며 집으로 초청했다. 플라멩코 댄서들은 우리에게 공연 티켓을 주었고 어떤 곡예사는 우리를 서커스에 초대했다. 아카풀코 라케브라다의 다이빙 쇼맨인 마누엘은 우리와 합석해서 술 한 잔을 한 뒤로 일요일이 되면 처자식이 있는 자신의 집으로 조개찜을 먹으러 오라고 우리를 초대했다. 우리는 대개의 저녁 시간을 마리아, 돈과 함께 보냈고, 그들과 친구가 되어 오랜 세월 동안 가깝게 지냈다. 돈과 버디가 체스를 두고 아이들이 잠자기 전 그림에 색칠을 하거나 책을 읽는 동안 나는 마리아와 이야기를 나누었다.

프랑스인 부부 자크와 미셸을 알게 되어 그들과 자주 밖에서 만나 저녁을 함께 먹었다. 그들의 어린 딸 마리는 우리 아이들과 바닷가에서 놀곤 했다. 우리는 아카풀코의 사교계 인사들과 영화배우들이 참석하는 테디 슈타우페르의 파티에 참석했는가 하면 멕시코인 의사 내외와 공연을 보러 가기도 했다. 뉴욕에 살았을 때에도 아이들은 나와 이야기를 나누거나 저희끼리 수다를 떨거나 했는데 아카풀코에 와서는 우리 셋이 영어와 스페인어를 섞어서 하는 이야기가 그치지 않았다. 아이들은 이제 프랑스어도 할 줄 알게 되었다! 사람들은 모두 우리를 반기고 포옹하며 인사를 했고, 헤어질 때는 얼굴에 키스를 해줬다.

멕시코에 도착해서 얼마 안 되었을 때였다. 어느 날 잠을 깨서 옆을 보니 버디가 없었다. 잠에 취한 채 화장실에 갔더니 그 안에서 버디가 헤로인 주사를 놓고 있었다. 헤로인이 무엇인지, 마약 중독이 어떤 건지 알게 되었을 때만큼 충격을 받지는 않았다. 버디는 헤로인

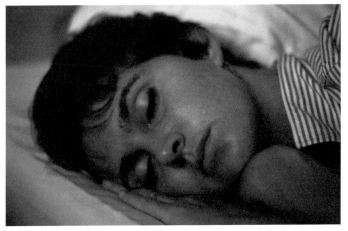

아카풀코.

을 끊을 거라고 했지만 그로부터 며칠은 그에게 가혹한 날들이었다.

우리는 사람들에게 버디가 심각한 식중독에 걸렸다고 말했다. 내가 우리의 의사 친구에게 버디가 설사를 한다고 하자 그는 진정제 대신 차와 사과를 처방해줬다. 자크와 미셸은 며칠 동안 뱃놀이나 모래사장에 우리 아이들을 데리고 나가주었다. 그 후 우리는 대개 텅 비어 있는 바닷가 풀장에 갔고, 그곳에서 아이들은 몇 시간이고 다이빙을 하며 놀았다. 우리는 함께 모노폴리 게임을 했으며 엔칠라다 수이사스(Suizas)를 먹고 레모네이드를 마셨다. 버디는 햇볕에서도 타월을 뒤집어쓴 채 덜덜 떨었다.

마침내 버디의 몸이 회복되고 몇 주가 흘렀다. 분주하기도 하고 나태하게 지내기도 했지만 무엇보다 그 몇 주는 정말 마음이 따뜻한 시간이었다. 헤로인으로 인한 짧지만 겁나는 순간은 지나갔다. 몇 달이 지난 뒤 우리는 뉴멕시코의 집으로 돌아갈 준비를 마쳤다. 나는 레이스와 이혼하고 버디와 결혼할 생각이었다.

버디와 그의 아내 우자는 몇 년 동안 그녀의 돈으로 스페인 등지를 여행하며 함께 살았다. 버디는 투우를 연구하면서 색소폰을 놓지 않았고, 포르쉐 스파이더를 타고 경주에 출전하기도 했다. 우자는 결국 그에게 일거리를 찾으라고 요구했고, 그는 그녀의 지원을 받아 서부 최초의 폴크스바겐 대리점을 차렸다. 그때만 해도 폴크스바겐은 도로에서 서로 마주친 운전자들끼리 손을 흔들 만큼 그 수가 적었다.

그리고 단 몇 년 만에 버디는 지원받은 돈 모두를 갚은 데다 큰돈까지 벌어 평생 일할 필요가 없어졌다.

버디는 인생을 즐겼다. 그것도 아주 잘. 그는 사람들과 어울리는 것은 물론 음악, 책, 그림을 즐길 줄 알았다. 그다음으로 열의를 가진 대상은 북미 원주민 문화와 역사, 사진, 비행이었다. 아, 우리 세 모자도 있었지.

그때만 해도 우리는 사랑이 우리를 헤로인으로부터 보호해주리라고, 우리가 새로운 인생을 시작하게 되었다고 생각했다.

네이트 비숍이 새 비치그래프트 보난자 경비행기를 직접 조종해서 아카풀코로 날아왔다. 버디는 세금 공제를 받을 수 있는 그 경비행기 조종법을 배울 계획이었다.

코끼리 왕 바바가 떠오르는 건 아마 그 장난감 같은 빨간 비행기

버디 벌린. 아카풀코.

때문인지도 모르겠다. 우리는 그 비행기를 타고 아카풀코와 그곳의 아름다운 만과 흰 모래사장, 기와 지붕, 야자수, 파란색 크레용으로 칠한 듯한 바다 위를 낮게 날아다녔다. 오, 우리 모두는 그때 그곳에서 너무나도 행복했다. 바바와 할머니, 그리고 원숭이가 나오는 동화처럼.

앨버커키로부터 한 시간 벗어난 곳에서 버디는 몸을 떨기 시작했고 콧물을 흘렸으며 다리에 쥐가 났다. 비행기를 착륙시키자마자 버디는 전화를 걸러 달려갔다.

뉴멕시코주 앨버커키의 이디스 스트리트

사방으로 넓게 퍼진 이 오래된 어도비 하우스는 거의 모든 방에 벽난로가 있었다. 침실과 욕실, 식료품 저장실, 서재 등이 오랜 세월에 걸쳐 다른 높이로 계속 증축되어 사방으로 뻗어나갔지만, 새로 만들어지는 방마다 벽 두께가 1미터 정도 된다는 점, 그리고 풀장과 정원이 내다보이는 높은 창문이 있다는 점은 변하지 않았다. 정문을 열고 들어가면 바로 두꺼운 나무 바닥의 부엌이 나왔는데, 이 공간이 이 집의 중심이었다. 옛날에 이 지역은 광대한 맨땅과 목초지로 이루어진 대농장이었지만 이젠 공업지로 바뀌어 가까이에 여러 목재 저장소와 판금 공장이 들어섰다. 집 왼쪽에는 자동차 부품 하치장, 그 반대쪽에는 학교 버스 차고가 있었다. 집 뒤쪽에 있는 작은 집에는 루세로 부부와 10대 초반의 두 자녀가 살았다. 그들은 오리와 닭을 많이 키웠고 젖소도 한 마리 있었다.

1962년 이디스 스트리트, 앨버커키, 뉴멕시코.

이디스 스트리트에 살았을 때의 루시아.

이디스 스트리트에 살았을 때의 루시아.

　나는 이곳에서 공포를 알게 되었다. 마약상들에 대한 나의 공포,
마약에 대한 나의 공포, 마약 단속관들에 대한 마약상들의 공포, 서
로에 대한 공포, 약을 얻지 못할 경우의 공포를. 외진 곳에 있는 데
다 벽마저 소리가 새어나가지 않게 두꺼웠던 이 집은 늘 숨어 있는
듯한 은밀한 기분을 고조시켜주었다. 중독에는 은신과 거짓말, 의
심이 따른다. "당신은 이제 동공이 수축되었는지* 확인할 때만 내
눈을 보는군"이라던 그이의 말은 사실이었다. 이디스 스트리트에서
살기 시작한 뒤 처음 몇 년은 그이가 헤로인을 끊었다 말았다 하는
가운데 지나갔다. 그에 따라 우리의 행복도 끊겼다 이어졌다 했다.

●　어떤 마약은 일시적으로 동공을 수축시켜 광량이 변해도 열리지 않게 한다.

한바탕 약을 하고 나면 그이는 또 한 차례의 금단 증상을 치러야 했는데, 그럴 때마다 나는 이번이 마지막이라고 단언했다.

그이는 그저 단순한 유혹남이나 매력남이 아니었다. 물론 그런 면도 있었다. 섹시하고 매력적이면서 예리하고 재치 있는 사람이었

벌린 가족과 돈 가족.

버디, 제프, 마크.

으니까. 어디에 가든 그의 활기는 그곳 전체를 명랑하게 만들었다. 우리 아이들도 그를 보면 "안녕, 아빠!"라고만 하는 데 그치지 않고 곧장 달려가 만지고 껴안았다. 나도 그랬고.

우리는 아코마 원주민 마을과 반델리어 국립천연기념물공원, 메사버드 국립공원을 탐사하고 아메리카 원주민들의 춤과 의례, 주술 의식을 보았다. 캐니언 드셰이와 차코 캐니언에서 캠핑을 했을 때는 밤중에 눈을 뜨면 하늘의 별이 쏟아지는 듯했고, 나는 그런 하늘 아래 살던 사람들은 어땠을까 생각하곤 했다.

그때 좋은 친구들을 많이 사귀었다. 빌과 마사 이스트레이크, 크릴리 부부, 타오스의 리즈와 제이. 버디는 비행기 조종사 면허증을 땄다. 우리 모두는 그 비행기를 좋아했고, 해질녘이면 울긋불긋 물든 구름을 헤치고 석양을 향해 서쪽으로 한없이 날곤 했다. 버디는

루시아와 제프.

푸에르토 바야르타의 루시아.

돈 가족을 방문하러 포카텔로로 날아갔고, 때론 그들을 비행기에 태워 데려오기도 했다. 우리는 몇 번 보스턴까지 날아가 버디의 친가를 방문했다. 그런 장거리 비행을 할 때는 고속도로도 없고 외지 사람이 전혀 들르지 않아 옛 모습 그대로 보존된 듯한 작은 마을에 기착해서 비행기에 기름을 넣어야 할 때도 있었다. 아미시(Amish)들의 공동체 마을은 누가 봐도 알 수 있는 곳이었지만 그밖에 캔자스와 테네시의 다른 외진 마을들은 거의 자신들만의 언어를 가지고 있는 것만 같았다. 우리가 보기에 그들이 이상한 것처럼 그들의 눈에도 우리가 이상해 보였다. 연료 탱크와 바람자루*밖에 없는 벌판 한가운데의 농약살포 비행기용 활주로에 착륙하고 그곳에서 연

---

* 눈대중으로 바람의 속도와 방향을 가늠하기 위해 높은 깃대에 달아 놓은 원추 모양의 주머니. 주로 바람이 많이 부는 고속도로변이나 공항에서 볼 수 있다.

료를 공급받을 동안 우리는 픽업트럭을 빌려 타고 인근 마을의 카페에 가기도 했다. 그런 곳에서조차 버디는 의심 많은 농부들의 호감을 샀고, 그러고 나면 그들은 우리와 스스럼없이 이야기를 나누었다.

우리는 종종 멕시코의 푸에르토 바야르타로 날아가기도 했다. 당시엔 도로도 상용 항공편도 없는 작은 마을이었다. 하늘에 뭉게구름이 굽이치는 여름이면 우리 네 식구는 보난자 경비행기를 타고 날아올라 해가 지는 앨버커키를 구경하며 타는 듯 붉은 산기슭 위로 저공비행을 했고, 굽이치며 뻗어나가는 색채의 향연을 따라 비스듬히 방향을 틀어 그대로 애리조나로 날아가곤 했다. 그러고선 땅거미가 질 무렵 다시 집으로 날아왔고, 착륙할 때쯤이면 아이들은 매번 잠이 들었다.

이디스에서는 여름에 바비큐를 하거나 메인주에서 바닷가재와 조개를 공수해 와서 큰 파티를 열었다. 풀장은 늘 어린애들로 붐볐다. 우리 아이들은 친구들과 집 주위의 사막이나 고철처리장에서 어두워질 때까지 놀았다.

그가 마약에 취하면 우리 집은 문들을 꼭꼭 잠근 일종의 벙커로 변했다. 나는 "버디가 아파요" 하고 우리 할머니가 말하듯 둘러대곤 했다. 집에는 주니나 프랭키, 나초, 피트, 누들스만 들를 뿐이었다. 그 약탈자들은 우리 그이가 일을 보러 나갈 때나 은행에 갈 때나 항상 그림자처럼 따라다녔고, 밤에도 툭하면 우리 집 문을 두드

셋째 아들 데이비드, 1962년 9월 20일 출생.

렸다. 그런 날엔 어둠 속에서 속닥이는 소리, 목쉰 웃음소리가 들려왔다.

　데이비드가 태어났다. 버디는 나를 병원에 내버려두고 약을 하러 집에 갔다. 그렇게 해서 데이비드는 '내 손을 잡아주는 남자 없이' 낳은 두 번째 아이가 되었다. 그렇지만 버디는 예쁜 아기를 보고 매우 기뻐하며 필사적으로 약을 끊고 싶어 했다. 팔뚝에 주삿바늘 자국만 있어도 감옥에 갈 수 있었고 헤로인 중독 치료 시설은 없던 시절이었다. 데이비드가 태어난 지 몇 주밖에 지나지 않았을 때 우리는 시애틀로 향했다. 중독자의 피를 다른 사람의 피로 갈아주고 새 피에 조효소(助酵素)를 주입해서 치료해주는 의사가 있다기에 찾아간 것이다. 그 한 주는 악몽 같았다. 작고 갑갑한 방에서 시술을 받는 동안 버디의 팔뚝은 하루 종일 피범벅이 되었다.

루시아와 데이비드, 1963.

루시아와 세 아들, 앨버커키.

　하지만 훌륭한 호텔에서 그이와 나, 그리고 새로 태어난 아기와 보내는 밤 시간은 감미로웠다. 우리는 밤새도록 이야기를 나누었고 마약상들을 피해 멕시코의 푸에르토 바야르타로 이주할 계획을 세우곤 했다. 그 모든 폭력과 탐욕, 인종차별, 소비지상주의가 없는 곳에서 아이들을 키우며 홈스쿨링으로 교육시키자는 계획이었다. 중독이 없는, 단순하고 애정에 찬 삶을 영위하고 싶었던 것이다.

멕시코 할리스코주의 옐라파

푸에르토 바야르타의 남쪽 마을에서 살았을 때의 우리 집에 대해 다음과 같은 글을 쓴 적이 있다.

이 집의 바닥은 희고 고운 모래였다. 마야와 하녀인 피야는 아침마다 전갈이 있는지 잘 살피며 갈퀴로 바닥을 쓸어 편편하게 다졌다. 마야는 처음 한 시간 동안은 "바닥 밟지 마!"라고 아이들에게 소리치곤 했다. 마치 그게 새로 왁스칠을 한 리놀륨 바닥이기라도 한 것처럼. 애꾸눈 루이스는 반년에 한 번씩 모래사장과 집을 수없이 왕복하며 바닷물에 밀려나온 반짝이는 새 모래를 자루에 담아 노새의 등에 실어 날랐다.

이 집은 종려나무 가지를 엮어 지붕을 인 팔라파(palapa)였다. 가운데엔 직사각형의 높은 구조물이 자리하고 그 양쪽엔 반원 모양의 부속 구조물이 서로 연결되어 있지만 지붕은 세 개였다. 옛날 빅토리아 시대의 연락선처럼 장엄한 느낌을 주는 집이었다. 그래서 이 집의 이름도 '환상의 배'였다. 길고 단단한 나무로 기둥을 세우고,

이 기둥 사이에 얹어 과카모테 덩굴로 고정시킨 가로대에 거대한 천장 선풍기가 매달려 돌아가는 집 안은 시원했다. 이 집은 특히 지붕이 맞닿는 부분에 천창이 나 있었던 덕에 별이 빛나거나 달빛이 환한 밤에는 집이 마치 성당 같았다. 타판코(tapanco)라 불리는 다락방 아래에는 어도비 벽돌로 만든 방이 있었는데 사방에 벽이 있는 공간은 이 방이 유일했다.

버디와 나는 타판코에 매트리스를 올려놓고 잠을 잤다. 타판코는 종려나무 잎맥을 엮어 만든 방으로 넓은 로프트 같았다. 날씨가 쌀쌀할 때면 세 아들은 어도비 방에 들어가서 잤지만 마크는 대개 큰 거실의 해먹에서, 제프는 집 밖의 흰독말풀 옆에서 잤다. 넘치도록 만발한 흰독말풀 꽃은 밤이 이슥할 때까지 가지에 치렁치렁 매달려

옐라파의 모래사장과 개펄.

흔들렸고, 달빛이나 별빛을 받은 꽃잎들은 은빛으로 아롱거렸다. 흰독말풀의 도취적 향기는 집 안 구석구석에 감돌다가 개펄로 퍼져나갔다.

다른 꽃들은 대부분 향기가 없어서 개미들로부터 안전했다. 부겐빌레아, 히비스커스, 칸나, 분꽃, 봉선화, 백일홍 같은 것들. 스톡과 치자, 장미는 향기가 진해서 다양한 색의 나비가 북적거렸다.

이웃의 테오도라와 나는 밤이면 랜턴을 들고 정원과 코코넛 밭을 순찰하며 줄지어 신속히 이동하는 개미들을 죽였고 토마토와 콩, 상추, 호박을 해치는 개미의 구멍을 찾아 등유를 부었다. 테오도라는 초승달이 뜰 때면 나무를 심고 가지치기는 보름달이 뜰 때 하며, 망고 열매가 맺히지 않는 낮은 가지에는 물통을 매달아두라고 가르쳐주었다.

제프와 마크의 수학과 영어는 1학년과 5학년 사이의 어느 수준에 속했다. 제프가 분수와 소수를 좋아해서 마크와 나는 어리둥절했다. 마크는 동화책부터 시작해서 『나, 클라우디우스(I, Claudius)』에 이르기까지 무슨 책이든 다 읽었다. 아이들은 매일 아침 큰 나무 탁자에 앉아 학교 공부를 했다. 머리를 긁적거리고 한숨을 쉬거나 키득거리는가 하면 알파벳 연습장이나 작문 공책 위로 볕에 그을린 몸을 구부린 채로.

• 영국 시인 로버트 그레이브스(1895~1985)의 역사소설로 1934년에 출간되었다.

이 집은 강가의 코코넛 밭 가장자리에 면해 서 있었다. 강 건너편은 작은 옐라파 만에 면한 모래사장이었는데, 그 해변에서 바위 언덕을 올라 남쪽으로 산을 넘어가면 마을이 하나 나왔다. 높은 산에 둘러싸였고 옐라파로 가는 길도 나 있지 않은 작은 만 위쪽에 자리 잡은 마을이었다. 빽빽한 밀림 속에 나 있는, 말발굽에 다져진 좁은 길을 따라 몇 시간 가면 투이토 마을을 지나 차칼라 해변에 이르렀다.

강은 연중 내내 계속 변했다. 어떤 때는 물이 깊고 물살이 세며 푸른색이었지만 시냇물처럼 줄어들 때도 있었다. 조류에 따라 해변이 막혀 강이 석호를 형성하기도 했는데 그러면 오리와 흑로, 왜가리가 날아들었다. 나는 이때가 가장 좋았다. 아이들은 몇 시간씩 강에 나가 통나무배를 타고 그물 낚시를 하거나 강 건너에서 사람들을

옐라파의 집. 환상의 배.

옐라파 개펄의 데이비드.

태워주며 시간을 보냈다. 세 살밖에 안 된 데이비드도 카누를 탈 줄
알았다.

비가 오기 시작하면 강물이 처음에는 거친 급류가 되어 흘러내려
왔다. 큰 꽃나무 가지와 오렌지 가지, 죽은 닭, 한번은 죽은 젖소도
떠내려왔다. 소용돌이치는 흙탕물은 강물을 가로막고 있는 해변으
로 밀려 내려갔고, 굉장히 크게 헐떡거리는 소리를 내며 모래를 집
어삼킨 뒤 청록색 바다로 흘러나갔다. 그렇게 며칠 지나고 나면 강
물은 다시 깨끗한 담수가 되어 있었다. 바위에 막혀 형성된 따스한
물웅덩이는 목욕하거나 빨래하기에 좋았다.

정원에선 식물과 채소가 잘 자랐고 버디와 아이들은 작살로 물고
기와 바닷가재를 잡거나 조개를 캤다. 우리 가족은 주변 마을과 만

해변의 제프, 데이비드, 루시아.

과 밀림의 일원이 되었다. 매일매일 충만한 생활이 이어졌고, 매일
매일이 평온했다.

수백 마리 마을 수탉들의 울음소리로 아침이 시작되면 테오도라
네 닭들이 깩깩거리는 소리가 들렸다. 아이들은 식탁에 앉아 오트
밀을 먹었고 버디와 나는 정원으로 나가 돼지들로부터 꽃을 보호하
기 위해 쳐둔 울타리 안에서 우유를 탄 진한 커피를 마셨다. 그때쯤
이면 갈매기들이 요란하게 날개 치고 울어대며 강가로 날아들었다
가 다시 황급히 날갯짓하며 상류 쪽으로 날아갔고, 다시 빙 돌아와
바다를 향해 흩어져 날았다. 그들이 우는 소리는 마치 "일어나, 모
든 게 다 잘될 거야"라는 것 같았다. 그곳에 가서 이듬해인가까지
우리는 매일 아침 갈매기들이 올 때마다 서로의 눈을 들여다보며

행복과 감사한 마음을 확인했다. 그것이 깨질까 두려운 나머지 그 말을 입 밖에 내진 못했다. 그리고 언젠가 우리가 그렇게 바라보기를 중단했을 때, 내가 기억하기론 갈매기들도 더 이상 오지 않았다.

우선 페기가 불순물이 섞이지 않은 모르핀 주사병 열두 개가 든 작은 상자를 보내왔다. "버디에게 줄 작은 선물"이라면서.

산꼭대기의 멋진 집에서 혼자 사는 페기는 강력한 망원경으로 해변을 살피는 일에 많은 시간을 보냈다. 해변에 유명인이 도착하는 것이 보이면 그들을 자기 집에 초청하기 위해서였다. 이 외에도 페기는 주위에서 일어나는 모든 일들을 관찰했다. 아마 우리 아이들이 마을 원주민 아이들과 축구를 하고, 해변에서 말을 타고, 후아니토와 함께 커피콩 따는 일을 하는 그의 아버지를 도우러 강 상류로 올라가는 것도 망원경으로 봤을 것이다. 그들이 카누 경주를 하고 놀 때 물 위에 번지는 웃음소리도 들었을 테고, 우리 가족이 아름다운 정원 또는 해변에 누워 친구들과 정담을 나누는 모습도 보았을 것이다. 버디와 내가 키스하는 모습도, 행복해하는 모습도…. 그런데 어떻게 그런 것을 선물이라고 보냈을까?

그러자 마치 중독이라는 불한당이 심장 박동의 메시지를 내보내기라도 한 것처럼 마약상들이 나타나기 시작했다. 티노, 빅터, 알레한드로. 과거에 해변의 인명구조원이었던 그들 모두는 젊고 잘생겼으며 약삭빠르고 비열했다. 정원에서 속삭이는 소리, 어둠 속 흰독말풀 나무 옆에서 웃음소리가 들리기 시작했다.

멕시코 남부에서의 폭스바겐 밴

우리 폭스바겐 밴은 포르쉐 엔진을 달고 있었고, 그 밖에도 거친 멕시코 도로 사정에 적합하게 개조되었다. 버디와 나는 여행을 위해 뒷좌석을 치우고 안락한 침대를 놓았으며 데이비드를 위해 해먹을 걸었다. 침대 밑은 옆문을 열면 쓸 수 있는 수납공간으로 활용했다. 랜턴이나 책, 크레용, 물, 식품, 아이스박스, 콜먼 버너를 그곳에서 쉽게 꺼낼 수 있었다. 해먹을 가지고 다니면 해변이든 숲이든 어디에 가서도 아이들이 놀 동안 우리는 잠깐의 낮잠을 자며 집처럼 편안히 쉴 수 있었다.

우리는 관광허가증을 갱신하기 위해 과테말라로 향했다. 헤로인

멕시코 남부 지방.

멕시코 남부 지방.

으로부터 멀리 떠나고자 한 것이다. 하지만 서두를 필요는 없어서 과달라하라시에 들러 며칠 머물렀다. 아침에는 시장에 가서 산양 요리인 비리아(birria)를 먹고 미술관 구경을 하듯 상점 통로를 거닐 었다. 호박꽃이든 마늘 화환이든, 정교하게 칠한 (그리고 수많은 종류의 새가 든) 새장이든, 분홍색과 초록색이 섞인 사탕이든, 멕시코의 전통 샌들이든, 각 매대에 있는 것들은 모두 미술적으로 재주를 부려 정돈되어 있었다.

과달라하라 미술관에선 헨리 무어(Henry Moore)의 전시회가 열리고 있었고, 투우장에 갔을 땐 엘 코르도베스(El Cordobés)*가 출

• 1960년대 스페인의 유명한 투우사.

오악사카.

장했다. 버디는 그를 뻔뻔한 자랑쟁이로 여겼지만 아이들은 그의
화려한 구경거리와 위험과 우아한 동작에 열광했다. 우리는 오래되
고 멋진 호텔에 묵으며 새끼비둘기 요리와 완두콩 요리, 멕시코의
일품요리를 먹었다. 과달라하라를 떠난 우리는 그곳에서 남쪽에 있
는 아히힉에 들러 어느 훌륭한 하숙집에 묵으려 했지만 술주정뱅이
미국인들이 너무 많아서 며칠 캠핑을 하기로 했다. 이런 식으로 남
쪽으로 여행하며 과테말라에까지 갔다. 강가의 숲속에서 자기도 하
고, 답사해보고픈 마을이나 작은 유적지가 있으면 그 근처에서 캠
핑을 하기도 했다. 어딘가를 오르거나 주위를 돌아보며 우리가 직
접 살아본 양 옛날 그곳에서의 삶을 추측해보곤 했다.

　우리는 테오티우아칸 근처에서 며칠간 캠핑하며 멋진 시간을 보냈다. 그곳을 둘러볼 때 내가 베르날 디아스*의 글을 소리 내어 읽자 우리 모두에게 그 장소가 더 가깝게 느껴졌다. 마크와 제프는 모크테수마(Moctezuma)가 배신당하고 죽은 이야기를 듣고 울었다. 그는 우리 아이들에게 영웅이었다. 우리는 신전들을 모두 탐사하고 몇 시간 동안 박물관을 구경했다. 모두가 번갈아가며 데이비드의 유모차를 밀었다. 데이비드는 이 여행에서 골칫거리였다. 워낙 아무런 방해도 받지 않고 기저귀도 차지 않은 채 자유로이 사방을 돌아다니며 뛰어놀다가 밤이 되어서야 쓰러져 자던 아이라서, 차를 타고 가다 어디에든 내리면 광장이고 카페고 즐거이 마구 돌아다녀 신경이 쓰였기 때문이다. 예쁘게 생긴 데이비드 덕에 사람들이 우리에게 다가와 말을 걸었고, 친구도 많이 사귈 수 있었다. 원주민들은 몇 번인가 데이비드의 이마에 십자가 표시를 해주었고 많은 여자들은 데이비드에게 뽀뽀한 뒤 "프로브레치토(probrecito)", 즉 '가엾은 것', 이렇게 예쁜데 이 험한 세상에 살게 되었구나, 하고 말하곤 했다. 데이비드를 잠시 빌려달라 하고선 자신들의 집에 데리고 들어가거나 광장을 한 바퀴 도는 사람들도 있었다.

우리는 아무 탈 없이 여행을 잘했다. 다행히 데이비드는 차에 타면 잠이 들었고, 다른 아이들은 그림 색칠을 하거나 책을 읽거나 버디 혹은 나와 함께 게임을 하기도 했다. 나는 버디에게 신문기사나

---

* Bernal Díaz(1496~1584). 멕시코를 정복하고 이에 관한 회고록을 남긴 스페인의 정복자.

시를 읽어주었고 서로 이야기를 나누며 웃기도 했다. 누구 한 사람이 "여기서 내리자!" 하기만 하면 버디는 "좋았어. 가보자!" 하며 차를 세웠고, 그러면 우리 모두는 차에서 내려 그 지역을 탐사하곤 했다. 그곳이 바닷가라면 수영을 했고, 노점에서 소머리고기 타코를 먹으며 벌판에서 천천히 뛰는 흰말을 구경한 적도 있다. 그의 열정… 무엇이든 해볼 때의 자세, 그 모든 것. 나는 버디가 마약에 빠진 것을 이해할 수 있다. 그러나 우리에게서 그를 앗아간 마약은 증오한다.

몬테 알반이나 미틀라 유적지를 보기도 전에 우리는 오악사카에 반했다. 미스테카 부족의 온유한 얼굴, 파스텔 분홍색, 노동자들이 입는 초록색 계통의 셔츠, 바위와 먼지의 색. 고대의 진실을 간직한

오악사카의 루시아.

오악사카의 제프.

그곳. 그날 우리는 광장에 있는 식민지 시대풍의 오래된 호텔에 짐을 풀고 바나나 껍질에 싼 새우 타말레를 먹었으며, 저녁에는 광장에 나가 마림바 연주를 들었다. 버디와 내가 데이비드를 데리고 연철 벤치에 앉아 있는 동안 마크와 제프는 다른 소년 둘과 구슬치기를 하고 놀았다.

행상인들이 도기나 직물을 팔아달라고 다가왔고 어린아이들은 우리에게 껌을 팔았다. 그들의 목소리와 광장을 빙빙 소요하는 부부들의 잔잔한 이야기 소리는 새들의 노랫소리처럼 들렸다. 사포텍족과 미스텍족 사람들이 말하는 소리는 경쾌하고 구르는 듯하고 속삭이는 듯하여 귀에 매우 즐겁다. 마치 새의 노래 같은 이 말소리는 빌리 홀리데이(Billie Holiday)가 "러브 이즈 뷰티풀"을 부르는 부분에서 마지막 음절을 떠는 음으로 내는 것 같다고나 할까. 어떤 미스텍족 여성은 내게 자신의 장신구를 보여주거나 내 뺨을 만지고는 그 노래처럼 느릿한 떨림음으로 "뷰-티-풀"이라 말하곤 했다.

우리는 이튿날 아침에 다시 길을 떠났다. 어서 빨리 가고 싶었다. 그런데 그것은 이 우아하고 호의적이고 친절한 사람들에게로, 무엇엔가 홀린 듯한 이 고귀한 곳으로 다시 빨리 돌아오고 싶어서였다.

치아파스의 어느 이름 없는 마을과 호텔

우리는 국경에서 관광허가증을 갱신했다. 원래는 과테말라에 입국해서 유적지들과 호수를 둘러볼 생각이었지만 장마가 시작되었다. 버디는 마약을 다 써버렸고 아이들은 전부 독감에 걸렸다. 독감인 줄 알았던 것이 점점 더 심해졌고, 나중에 보니 뎅기열이었다.

운전은 내가 했다. 퍼붓는 비를 헤치며 미끄러운 진흙길을 달려야 했다. 모두 신음하거나 구토를 했다. 마침내 어느 마을에 이르러 제일 처음 나타난 어도비 하우스를 두드려 하루 신세를 질 수 있는지 물었다. 나이 많은 남자와 그의 아내는 둘 다 고개를 가로저었다. 대신 비가 그치고 길이 운전할 만해질 때까지 창고에서 비를 피하게는 해주겠다고 했다. 창고는 축사 옆 큰 헛간 안에 있었다. 이제 비가 사정없이 몰아쳐 모든 게 젖어 있었다. 춥고 젖은 몸으로 우리는 닭똥, 소똥, 말똥, 염소똥에서 풍기는 냄새들까지 견뎌야 했다.

창고는 앉기가 망설여질 정도로 너무나 더러웠고, 데이비드의 기저귀를 갈아주고 설사와 구토로 더러워진 모두의 몸만 옷을 찢어 겨우 닦아줄 수 있을 정도의 공간이었다. 버디는 밴 앞자리에 몸을 웅크리고 누워 격렬하게 몸을 떨면서*

---

* 루시아는 이 마지막 장을 끝마치지 못하고 세상을 떠났다.

내가 살았던 모든 집들의 문제점

루시아는 평생 열여덟 군데의 다른 집에서 살았다. 다음은 1980년대에 루시아가 작성한 것으로, 그 집들에서 지낼 당시 어려웠던 점을 나열한 목록이다.

- 알래스카주 주노: 내가 태어난 날 눈사태가 나서 마을의 3분의 1이 파괴되었다.

- 몬태나주 디어로지: 난방 시설이 없어 풍로에 의존해야 했다. 지진이 일어났다.

- 몬태나주 헬레나: 가시가 있는 지하실 문. 폭설.

- 아이다호주 멀런: 집 밖이 바로 강가라 아이들이 놀기에 너무 위험했다. 바로 옆에는 제재소가 있었다. 집에서 나오지 말라는 말을 많이 들었다. 홍수.

- 아이다호주 선샤인 광산: 종이처럼 얇은 벽, 계속 울기만 하는 엄마, 장작 풍로의 연기, 눈사태.

- 텍사스주 엘패소: 바퀴벌레, 어두운 복도, 고약한 술주정뱅이 셋, 가뭄, 홍수.

- 애리조나주 파타고니아: 집 안에 들어온 박쥐, 그 날개가 얼굴에 부딪쳤다. 메뚜기떼.

넷째 아들 대니얼. 1965년 10월 21일 출생.

- 칠레 산티아고: 상주하는 하인들, 지진, 두 차례의 홍수.

- 뉴멕시코주 앨버커키의 로즈 스트리트: 모래 폭풍. 사과밭에서 죽은 노인.

- 뉴멕시코주 앨버커키의 리드 스트리트: 에드워드 에비*가 살았던 집. 가스버너 화구 하나만 작동했다. 더러웠다.

- 뉴멕시코주 앨버커키, 공항 옆 메사 스트리트: 비행기 소음.

- 뉴멕시코주 앨러미다, 코랄레스 로드: 기저귀 차는 아이가 둘인데 수돗물, 욕실, 전기 없이 살아야 했다.

- Edward Abbey(1927~1989). 미국의 작가로 다수의 소설과 에세이를 쓴 환경운동가이자 아나키스트로 알려져 있다.

이디스 스트리트, 1966.

- 뉴멕시코주 산타페 : 아세키아 마드레 관개수로와 두 어린아이.

- 뉴욕시 13가 : 5층까지 걸어 올라가는 건물. 아직 걸어 올라갈 수 없는 어
  린아이 둘. 폭설로 인한 모든 거리 폐쇄, 기적. 화가 마크 로스코.

- 뉴욕시 그리니치 스트리트 : 다섯 시 이후에는 난방이 들어오지 않는 주
  말. 귀마개와 장갑을 끼고 자는 아이들. 나는 장갑을 끼고 타자기를 쳤
  다. 햄 공장 위의 로프트 아파트. W. H. 허드슨의 책에서는 그로부터
  25년이 지난 지금도 햄 냄새가 난다.

- 멕시코 아카풀코 : 신혼여행. 3주에 걸쳐 내린 비. 홍수, 이질, 마크의 감전
  사고, 또 다시 홍수.

- 뉴멕시코주 앨버커키의 이디스 스트리트 : 샘물, 함몰된 바닥, 말라버린
  우물. 인근의 오리들이 전부 우리 집 풀장으로 모여들었다.

- 멕시코 푸에르토 바야르타: 너무 많은 하인, 마약상. 두려움.

- 멕시코 오악사카: 옆집의 염소 떼. 곰팡이. 몬테 알반에 갔다가 벼락을 맞음.

- 멕시코 옐라파: 상어, 전갈, 코코넛 밭 — 퍽, 퍽, 코코넛 떨어지는 소리 — 세 아들. 태풍.

- 뉴멕시코주 코랄레스 로드: 대저택. 욕실 세 개. 음식찌꺼기 처리기가 고장 남. 아무리 해도 백일초가 자라지 않음. 장미도 마찬가지.

- 뉴멕시코주 코랄레스 로드의 하얀 집: 물 펌프 망가짐, 우물이 마름, 전선이 끊어짐, 닭과 토끼가 폐사함, 흰개미, 염소의 다리가 부러져 총으로 쏨. 장마, 지하실이 물에 잠김, 난간이 함몰되고 지붕이 내려앉음. 새로 사온 닭들이 폐사함.

- 뉴멕시코주 앨버커키의 프린스턴 스트리트: 지붕이 내려앉음. 집에서 퇴거당함.

- 뉴멕시코주 앨버커키의 그리고스 로드: 나는 이 집을 불 질렀다.

- 캘리포니아주 버클리의 러셀 스트리트: 사람은 여덟인데 화장실은 두 개. 변기가 막혀 넘침. 하수구 배관이 터짐. 퇴거당함.

- 캘리포니아주 오클랜드의 텔레그래프 애비뉴: 깨진 창문들. 밤새도록 경찰이 들락거림.

- 캘리포니아주 오클랜드의 리치먼드 스트리트: 모기. 경찰. 옆집 화재. 퇴거당함.

- 캘리포니아주 오클랜드의 앨커트래즈 애비뉴: 미친 집주인 여자. 사이렌

뉴멕시코 코랄레스, 1966.

캘리포니아 버클리의 베이트먼 스트리트, 1982. (사진: 마크 사파티)

소리. 퇴거당함.

- 캘리포니아주 버클리의 베이트먼 스트리트: 정원이 있는 완벽한 집. 장마 때 지붕이 내려앉음.

- 캘리포니아 오클랜드의 65가: 새벽 두 시까지 영업했던 잭인더박스 햄버거집.

- 캘리포니아 우드랜드: 폭염, 양초가 녹음, 에어컨 고장 남. 레이스의 피해망상으로 창문을 열지 못하다가 내가 말을 탄 어떤 남자를 바라보자 레이스가 전화기를 창문으로 집어던짐.

- 캘리포니아 오클랜드의 리전트 스트리트: 어둠. 밤에 이웃의 투광조명등이 솔레다드 교도소처럼 내 방을 비추기 전까지는 빛이 없음. 다시 어두워져야 아침이 되었음을 안다.

- 캘리포니아 오클랜드의 앨커트래즈 애비뉴: 재난적인 상황은 없다. 아직까지는.

편지들

1944~1965

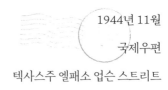

1944년 11월

국제우편

텍사스주 엘패소 업슨 스트리트

　사랑하는 나의 딸 루시아,

　너의 다정한 편지 아주 고맙게 잘 받아 보았단다. 아빠가 답장을 자주 못해서 정말 미안해. 너는 래드포드에서 많이 바빴더구나. 그런데 이곳에 대해서는 별로 쓸거리가 없단다. 너의 예쁜 얼굴을 정말 많이 많이 보고 싶고 너의 말소리와 웃음소리를 듣고 싶다는 것 외에는 말이다. 아빠는 멀리 떠나와 있는 동안 매 순간 너와 몰리와 네 엄마를 생각하고 집에 돌아갈 날만을 위해 살고 있단다.

　이제 네가 여덟 살이고, 그래서 좋다고? 저런, 이제 너도 어른이 거의 다 되었구나, 그렇지? 학교에 다니고 친구와 재미있게 노는 이야기를 들을 수 있게 아빠가 거기 있다면 정말 좋겠다. 하지만 아빠는 루시아와 몰리 같은 세상의 모든 아이들에게 깨끗하고 좋은 세상을 물려주기 위한 전쟁에 도움이 되려고 멀리 와 있는 거란다.

　많은 사람들이 부상을 당하고 죽어간단다. 모두 자기들이 원하는 세상에서 자녀들이 자라나기를 바라기 때문이지.

　그리고 그 자녀들은 그들 나름대로 부모들을 실망시키지 않을 거야. 이다음에 커서 훌륭하고 정직하고 좋은 사람이 되겠지. 아주 훌륭하고 자부심이 있는 사람으로 자라나 절대로 몰래 나쁜 짓이나 하며 돌아다니진 않을 거야. 게다가 그런 사람은 정직하고 선한 언행 대신 올바르지 못하고 추한 언행을 하고 나면 마음이 불편해서 노래도 못 하고 행복해질 수도 없을 거란다. 무엇이 선하고 무엇이 나쁜지 어렸을 때는 잘 모를 수 있어. 단어 철자나 읽기를 배우듯 그런 것들도 자라면서 배워나가야 하는 거야.

나중에 커서 아름답고 훌륭하고 좋은 사람이 되려면 많은 것을 배워야 한단다. 하나는 예수님의 생애와 네가 자라면서 읽게 될 많고 많은 훌륭한 책들이야. 네 엄마도 스승이고 아빠도 스승이지. 모두 네 옆에 있으니(아빠도 조만간 네 옆에 있게 될 거야) 곤란한 상황에 처하거나 이해하지 못하는 것이 생기면 네가 도움을 청할 수 있어. 하지만 누구보다 가장 큰 스승은 네 마음일 거야. 마음이 가볍고 가뿐해서 노래를 부르고 싶어지면 착하게 살고 있다는 증거란다. 마음이 어둡고 더럽고 창피한 느낌이 들면 무언가 잘못 살고 있다는 뜻이지.

지금 이런 말을 하고 있는 건 말이다, 루시아, 아빠가 너무 멀리에 있어서 예전처럼 너와 이야기할 수 없기 때문이란다. 그런데 이렇게 전쟁터에 나오니 갑자기 네가 거의 아빠 없이 성장하고 있다는 생각이 났어. 너는 이제 우리 집안의 어린 안주인이야. 이 가족의 협력자라는 뜻이지. 그리고 우리는 이 가족이 이 세상 전체에서 가장 근사하고 행복한 가족이 되길 원하잖니. 한 해는 산꼭대기에서 살고 그다음 해는 블랙캐니언에서 살아도 우리의 아름다운 집은 우리 마음속에 지어질 거란다. 어떤 위대한 작가가 이런 말을 했다더구나. 금과 아름다운 모피로는 많은 악을 덮을 수 있겠지만 아름다운 마음은 누더기와 흙으로도 덮을 수 없다고 말이다.

우리 식구 모두 즐거운 성탄절을 보내길 기원한다. 모든 게 잘 풀려 새해가 오면 곧 잠시라도 너희를 볼 수 있었으면 좋겠구나. 하나님이 너를 축복해주시기를, 그래서 네가 언제까지나 훌륭하고 건강하고 아름답기를 바란다, 루시아.

언제나 너를 사랑하는

아빠가

P.S.

아빠를 대신해서 엄마와 몰리에게 키스를 해주렴.

애리조나주 파타고니아

트렌치 광산

사랑하는 아빠,

더 일찍 답장하지 못해서 죄송해요. 너무 바빴어요(노느라고요). 우리 모두는 아빠가 너무 보고 싶어요.

이 학교에서는 6학년이 5학년 공부를 해서 저는 7학년 하급반에 배정됐어요. 학교에서 노래하는 게 너무 재미있어서 저는 가수가 되기로 했어요.

메이블은 어때요? 이젠 메이블이 아빠의 제일 친한 친구라면서요? 베니가 수고양이가 되지 않았으면 좋겠어요. 여기는 개싸움이 많이 일어나서 어쩔 줄을 모르겠어요.

오늘은 교향악단 콘서트에 다녀왔어요. 벅 선생님이 우리더러 먼저 가 있으라고 했어요. 그런데 너무 일찍 도착해서 드러그스토어에 들러 콜라를 사고 잡화점에 갔다가 리버티홀에 갔어요.

오케스트라는 보기에 아주 흉했어요. 모두 뒤죽박죽이었거든요. 바이올린끼리, 트롬본끼리, 플루트끼리 (모두 끼리끼리) 있지 않고 서로 뒤섞였어요. 그리고 연주자들 옷이 남자나 여자나 제각각 다른 색이었어요. 단 한 가지 괜찮았던 건 음악이었어요. 물론 중요한 건 바로 그것뿐이겠죠. 우리는 아주 좋은 자리에 앉았어요.

요즘 여기에선 좋은 영화가 별로 상영되지 않아요. 〈붉은 집(The Red House)〉이라는 영화를 봤는데 아주 좋았어요. 상당히 좋다는 영화가 상영됐었는데 저는 보러 갈 수 없었어요. 보고 싶지도 않았지만요. 〈무법자(The Outlaw)〉라는 거였는데 좋은 영화였는지 더러운 영화였는지는 모르겠어요.

우리 모두 아빠를 사랑하며 아주 많이 보고 싶어 한다는 걸 기억해주세요.

사랑을 듬뿍 담아,
루시아 올림

콜로라도주 헤스퍼러스

포트루이스대학교

로나에게,

잘 있었냐, 이 못된 갈보 같은 년…. 20일에 학교에서 돌아와보니 열 띤 원망의 편지가 몇 통 와 있더라. 그간 밴드 강습회가 있었고, 밴드 멤 버들이 기숙사에 밀어닥쳤고, 연방주택관리국과의 담합이 있었어. 그래 서 모두 다 3주 동안 다른 데 가 있어야 했지…. 이에 대한 말은 더 이상 하지 않을게. 어쨌든 너한테 편지를 쓰지 않은 내가 나쁜 년이니까….

너한테 빌린 3달러 보내주려고 했는데 그러지 못했어. 어쨌든 네 덕 분에 간신히 살았다. 다음 달에 그 돈 보내줄게…. 네가 왔으면 하는 마 음에 너를 초청한 거라서 난 화가 났었어. 네가 8월에 올 줄 알았거든. 하지만 난 여기 온 지 일주일밖에 되지 않았었지. 바로 L.A.에 갔었거든. 아주 멋진 시간이었어…. 내가 누구랑 데이트했는지 알아맞혀봐. 정말 엄청나. 바로 〈론 레인저(Lone Ranger)〉의 톤토*야. 사람들이 전부 "톤 토와 데이트를 하다니 정말 대단해"라고 해서 웃겨 죽는 줄 알았어. 그의 이름은 제이인데 말이야. 내 사촌 하나가 TV 방송국에서 일해. 그래서 정말 마야에 관해 많은 걸 알게 되었어. 촬영세트랄지 그런 것들 정말 흥미롭더라. 내가 〈론 레인저〉 세트에서 가장 좋아하는 건…. 그곳이 거대한 체육관 같다는 점이야. 서부의 호텔과 주택, 시골 상점, 술집 그리고 사방에 보이는 말, 카우보이 엑스트라들(먼저), 말똥 등등 모든 게 완벽해, 잎담배 뱉는 통에 이르기까지…. 난 어린애 같은 기분이 들었어. 한 카메라맨이 뭔가를 땅에 떨어뜨렸는데 그때 "미에르다(mierda)!"[**]라고 하더라. 그래서 내가 그런 말을 어디서 배웠냐고 물어봤어. 알고 보니 그 사람은 예전에 선원이었는데 칠레 발포에서 스페인어를 귀동냥으로 배웠대(문화의 확산이랄까). 그걸 계기로 우리는 한참 이야기를 나눴어. 모두 나한테 친절하게 대해줬고 이것저것 설명해주거나 다른 사람들에게 날 소개해주고 그랬어. 너 내 사촌 기억하지? 정말 예쁜 애 말이야. 딱 대니 같은 남자와 결혼 (안) 했어. 대니 같긴 하지만 잘생겼고 키도 커. 대니를 아래위로 잡아늘인 판이라고나 할까…. 그를 바라보면서 난 거의 죽는 줄 알았지 뭐야. 난 그냥 그를 빤히 쳐다보기만 했는데 말이야.

에잇, 망할! 로나, 너 돈 좀 있어? 네가 나한테 전화 좀 해주면 좋겠어. 11월 1일에 갚을게. 나 완전 우울해…. 전엔 이런 일이 없었는데…. 난 루를 사랑하고 우리는 아직 같이 다니지만, 나 말이지… 갑자기 야심이

• 미국 TV 시리즈 〈로운 레인저(The Lone Ranger)〉에 출연한 북미 모호크족 혈통의 배우 제이 실버힐즈(Jay Silverheels)의 극중 이름.
•• '배설물'을 뜻하는 스페인어. 감탄사적으로 '빌어먹을'을 의미한다.

생겼어. 학교를 마치고 싶어진 거야. 나는 하고 싶은 일이 무진장 많은 데… 학교가 남자와의 관계에 끼어들 줄은 몰랐어…. 난 내가 정말 자랑스러워. 이번 여름 학기에 A 학점을 두 개 받았거든. 너 그거 알아? 난 말이야, 내가 스스로 자부심을 느낄 무언가를 한다는 생각, 그런 뭔가를 위해 일한다는 생각이 좋아. 그런 생각은, 산티아고에 살았을 때 칠레 사람 같았던 나와는 어울리지 않았을 거야. 하지만 이젠 내 사고방식이 바뀌었고, 그래서 겁도 나. 그러는 게 어쩌면 별로 바람직하지 않을까 봐서 말이야. 냉장고, 급속냉동냉장고, 식료품점 계산서 같은 것들을 생각하면 오싹해(이름들조차도 제대로 외우기 힘들어), 그리고 마구 걱정이 앞서고.

있잖아, 나 말이야…. 매런홀 기숙사 규율부장이 됐어. 비명을 질러대는 이 모든 괴물들에게 채찍을 휘두르는 일을 하게 된 거지.

대니 소식 있어? 난 간밤에 대니 꿈을 꿨어. 해병 모자에 분홍색 장미 꽃을 꽂았더라. 오늘 리오넬한테서 편지를 받았어. 완전 잊고 살았었는데 연락이 오니 정말 좋아. 너도 알다시피 리오넬은 어떤 때는 좋다가도 어떤 때는 밉잖아. 그런데 이번에는 애정의 기분에 사로잡혀 기나긴 답장을 보내줬어.

소니아 로발드한테는 자동차가 생겼어. 걔는 나날이 세련되어가고 있어.

나는 수업을 열아홉 시간 들어. 철학, 심리학, 러시아 소설, 행정학, 보도 기사 쓰기, 현대 스페인어 문학, 미술사…. 학기말 리포트를 여섯 과목이나 내야 해서 돌아버릴 지경이야.

최근엔 게으름을 좀 피웠어. 완전 우울해서 외상 계정을 하나 텄는데, 그래서 지금 빈털터리가 된 거야…. 할부로 코트를 샀는데 내가 왜 그랬는지 모르겠어. 하지만 그건 내가 지금까지 한 일 중 가장 내 기운을 북돋아주는 거였어. 이 코트는 일직선으로 죽 떨어지고 소매는 정말 괴상하고 엉덩이 부분은 얇고 양쪽 젖 부분에는 큰 호주머니가 붙어 있지 뭐야. 이걸 입으면 바보처럼 보이지만 유행의 첨단을 걷는 기분이야.

마리솔은 산티아고대학에서 일하고 있어…. 그게 상상이 되니? 걔는 분명히 결혼하지 않을 거야. 콘치는 하이메 그린이라는 사람하고만 데이트하는 중이야(뭐 너는 다 알고 있겠지만).

참! 젠장, 로라…. 깜박 잊고 말을 안 했네. 루의 동생 버니가 어느 날 아침에 사라져버렸어. 해군에 입대한다는 쪽지를 남기고…. 그러곤 아무 소식이 없어(7월에 일어난 일이야). 아이린 바커와 데이트했었던 돈 로이가 이혼했는데 아직도 아이린을 사랑한대. 네 옛날 애인 미키는, 칠레의 그 섹시한 여자는 어떻게 지내냐고 노상 묻는다더라. 근데 난 미키를 보지 못했어. 미키와 같은 건물에서 일하는 루도 미키를 피해 다녀.《트리뷴(Tribune)》에서 일했었는데 편집장이 그의 뻔뻔함을 보다 못해 제일 꼭대기층 작은 독방으로 보내버린 적도 있지. 토니는 사람이 괜찮아. 네 안부를 묻더라. 나는 토니가 어떤 여자도 좋아한다는 얘기를 들은 적이 없는데 너를 좋아한다더라고. 그런 여자는 네가 아마 유일할 거야. 루가 너한테 안부 전해달래. 난 이 녀석이 좋아, 로나. 정말이야. 다만 아무래도 내가 인생에서, 인생으로부터 원하는 게 뒤죽박죽인 상태인 것 같아.

오늘 수업 시간엔 쥐를 갖고 실험을 했어. 굶주린 데다 몇 주 동안 암컷을 보지 못한 쥐를 가져다 두 가지 선택지를 주었어. 먹을 것과 암컷. 이 음란한 쥐가 뭘 선택했을지 알아맞혀봐…. 먹을 것을 선택했어. 실험의 취지는 우리가 아침, 점심, 저녁 식사 대신 섹스를 하면 필시 모두 죽으리란 것을 증명하는 것, 그리고 음식을 부도덕한 것이라 여기면 우리는 양배추를 갖고도 음담패설을 지어내리라는 거였어. 남자가 이런 말을 하는 걸 상상해봐. "아이 참 그러지 말고, 초콜릿 바 딱 한 개만 먹자"라거나 "우리 같이 아티초크 먹자"라고 하는 걸 말이야.

지금은 거의 자정이 다 된 시각이야. 내일 여섯 시에 일어나야 하는데…. 기숙사 규율부장의 임무 중 하나는 밤 열한 시까지 (옷을 입은 채) 자지 않고 있다가 아침 여섯 시에 일어나는 거야…. 기숙사 문을 잠그고 여는 일, 각 방을 점검하는 일…. 내가 무슨 교도관이랄까 포주랄까, 둘 중 하나가 된 기분이야.

다른 룸메이트가 생겼어. 이번에는 아주 좋은 애야. 연극 전공인데 뛰어난 학생이더라. 여학생 서른다섯 명 중 스무 명이 선배인데 그들을 제치고 〈이 여자는 화형할 대상이 아니에요(The Lady's Not for Burning)〉의 주연을 맡았지 뭐야. 더욱이 전에 연극을 해본 적도 없는데.

얘, 로나야…. 난 그냥 네가 오해한 게 무엇이든 간에 내가 오해하게 만들어 미안하다는 말을 하려고 이 편지를 쓴 거야. 네가 미치도록 보고 싶어서. 그리고 내가 편지를 쓰지 않는다면 그건 도저히 시간이 안 나서 그렇다는 걸 말하고 싶어서.

제발 나한테 편지 좀 써…. 그리고 한 가지 부탁이 있는데… 조니 K,
앨프리드 H와 마틴 B의 주소 좀 보내줄래? 그들에게 편지를 쓰고 싶은
기분이 들거든. 가끔 그들이 보고 싶어. 넌 안 그래?

완전히 지치기 전에 이제 그만 써야겠다.

사랑해, 로나. 내가 너한테 편지를 쓰지 않는다는 식으로 생각하지 않
아줬으면 해.

사랑을 담아,

루시아

1959년 봄

뉴멕시코주 앨러미다

코랄레스 로드

(22세)

돈 부부

뉴멕시코주 산타페

카미노 신 농브레 501번지

에드워드에게,

편지 보내주셔서, 무엇보다 시를 보내주셔서 정말 고마워요. 이 시에서 당신은 그 사람이 말한 것을 언급했죠. 그걸 읽은 뒤로 나는 줄곧 그것에 대해 생각해왔어요. 하지만 내용 자체보다는 어떻게 하면 모든 걸 최초로 말하듯이 쓸 수 있는가에 대해서 생각했죠. 왜 그래야 하는가에 관해선 생각할 필요가 없었어요. 그건 당신이 이미 시에서 밝혔으니까요.

당신은 항상 '긍정' 아니면 '부정'적이죠. 당신의 글에 대해 이러쿵저러쿵하는 건 주제넘은 일이지만 나는 그 '긍정'과 '부정', 즉 글에 대한 평가는 데니즈 레버토프와 그녀의 친구들이 관심을 가지는 게 아니란 걸 알아요. 현실참여와 관심(세심함이 아닌 동정심)은 당신을 그들보다 훌륭한 작가로 만들어주는 것들이랍니다. 또한 그래서 당신이 내 글을 읽겠다니 정말 기뻐요. 레이스가 약간 미안하게 생각하면서 그러더군

131

요. "글쎄, 다른 사람은 몰라도 에드는 진실을 말해줄 거야"라고요. 하지만 나는 글 자체가 서툰 것보다는 허식과 허위가 있을까 봐 그게 더 걱정이에요. 당신은 그런 걸 잘 찾아내고 금방 잘 내려놓죠.

그런데 제발 동료 작가인 양 말하지 말아줘요. 쑥스럽고 창피해요. 내 잘못이죠. 내가 내 '글'에 관해 그 정도로 그럴싸하게 말을 하니까요. 당신이 내 형편없는 글을 읽고 실망하고 충격받을 걸 알아요. 그리고 미안해요. 크릴리는 내가 아마추어라고 해요. 그게 그가 술에 취했을 때만 말했던 전부였죠. 나도 내 글이 별로라는 거 알고 있어요. 성공하지 못하리란 것도요…. 하지만 난 아마추어가 아니에요…. 잘할 수 있다고 생각하기 때문이죠…. 이야기하고 싶은 건 많으니 그걸 글로 쓰기만 하면, 잘 쓰면 말이에요.

잘 쓴 게 있긴 하지만 잡지사나 출판사에 보내놓은 터라 이렇게 졸작을 보내게 됐어요. 우리 담당 교수님은 이 글이 내가 쓴 내가 쓴 것 중 최악이라고 했어요. 그래서 우울했죠. 우선 왜 최악인지를 알려주지 않아서 우울했는데, 왜 졸작인지 당신이 한번 보고 얘기해주면 좋겠어요. 무슨 말이든 괜찮아요. 심지어 "나는 이 글이 싫어요"라고 말해도 나는 상처받거나 실망하지 않을 거예요. 이 글은 나에게 매우 아름답고 정당했던 무언가에 대해 쓴 것이에요. 그런 식으로 그 이야기를 쓰는 법을 난 몹시 배우고 싶어요.

… 그런데, 돈 씨와 부인께 물어볼게요. 저번 방문은 좋지 않았어요? 언제 우리 집에 와서 하루 이틀 자고 가실 수 있어요? 레이스는 밴드박

스에 일자리를 잡았어요. 거기 일은 괜찮을 거예요. 2주 휴가도 있고 특히 이 밴드의 연주가 좋아서 레이스는 행복해해요. 그밖에 다른 일거리 제의도 많이 들어오죠. 일요일에는 〈밥 호프 쇼(Bob Hope Show)〉에 나가서 연주해요. 재미있을 거예요. 아무튼 여기 사람들은 모두 멋져요.

사랑을 전하며,
루시아

1959년 늦봄

뉴멕시코주 앨러미다

코랄레스 로드

돈 부부

뉴멕시코주 산타페

카미노 신 농브레 501번지

돈 부부에게,

세리요스 일자리를 권유하고 근무 시간표까지 보내주셔서 고마워요. 그들이 있다는 걸 아는 것만도 위안이 되는군요. 하지만 우리는 여기 앨버커키에 자리를 잡을 것 같아요. 레이스가 웨스턴 스카이스에 나가게 되었거든요. 테크니컬러 영화의 세트 같은 모텔인데, 그이는 거기서 혼자 연주해요. 구슬발에 가린 연주대의 그랜드피아노로 일반인들은 이해하지 못할 곡을 연주하겠죠. 클로드 음식점에서보다는 보수가 적지만 근무 시간은 아주 좋아요. 주중에는 저녁 여섯 시에서 여덟 시, 주말에는 여섯 시에서 밤 한 시까지예요. 두 주만 일하기로 했지만 계속하게 될지도 모르죠. 그렇게 됐으면 좋겠어요. 여가가 많고 평온한 시간을 가질 수 있으니 여기에 정착할 수 있을 테죠. 그러면 곧 당신네 가족을 보러 산타페(모두 함께)에 다니러 갈 수 있을 거고요(모든 건 다음 주부터 시작돼요. 지금 레이스는 두 군데에서 일하고 있어요. 내가 학교에 갔다 오면 레이스는 리허설을 하러 밴드박스에 가요. 그런 뒤 샤워를 하고 웨스턴 스카이스와 밴드박스에 가서 연주하고 새벽 두 시에 집에 와서 잠을 자죠).

산타페로 휴가를 간다고 우리의 문제가 풀릴지 어떨지 모르겠어요. 안 그럴 거 같아요. 그런 문제들이 압박해와도 맞닥뜨려 풀지 않고 피한다는 것 또한 내가 가진 문제죠. 아무튼 일전에도 말했지만 사태가 진정되면 우리의 문제들도 덩달아 풀릴지 모르겠어요.

얼마 전에 내가 좀 지나친 편지를 썼는데요, 사실 그때 난 상당히 낙심해 있었어요. 나는 그게 참 큰 결점이에요. 이제는 내가 그러는 게 빌어먹을 어떤 패턴이 되어버렸어요. 나도 어쩌면 좋을지 정말 미치겠어요. 그러면서도 한편으론 이에 대해 아무런 대책도 세우려 하지 않으니 참… 나는 남에게 기대해야 하는 처지에 놓이고 싶지도 않고 아무것도 요구하고 싶지도 않아요. 그게 나로선 참 큰 문제죠. 에드워드, 당신에게 준 80페이지 분량의 글을 가지고 그런 문제와 씨름하기 시작했어요. 있잖아요, 나도 뭐랄까, 내가 그러는 게 좀 창피해요. 왜냐하면 당신이 내 글에 대해 논평하지 않은 건 친절한 논평을 하기가 힘들었기 때문이었을 것임을 내가 알기 때문이에요. 그러니까 우리 그건 그냥 깨끗이 잊어버리는 게 어때요? 별로 길지 않은 소재를 다루는 게 어쩌면 당신에게는 덜 괴로운 일이 될 테고 내게는 더 큰 도움이 될 테니까요.

다음 달에 다시 더 '다듬어진' 단편들을 출판사에 보내줘야 해요. 내용은 그 80페이지짜리 원고랑 같은데 그보다는 더 명확해졌죠. 도의적 현실참여에 관한 이야기이고 길이는 전에 말한 대로예요. 난 그걸 쓰면서도 서툰 글인지 아닌지 모르겠더군요. 하지만 섹스에 관한 건 정말 어려워요. 바보 같은 짓 같기도 하고요. 아주 노골적인 현실참여에 관한 거라서 「엘 팀(El Tim)」과 「아카시아(Acacia)」를 쓸 때 시도해보긴 했는데 프리드먼과 에이다의 반응을 보니 내 전반적인 의도가 잘 나타난 거 같진 않아요.

아, 이런, 내가 왜 이 이야기를 하게 되었는지 모르겠어요…. 그러기를 계속 반복하고 당신에게 쓴 편지를 찢어버리고…. 어쩌면 제2차 세계대전의 후유증일 것 같기도 해요. 그때는 행복에 찬 편지만 썼거든요. 그땐 참전한 아버지에게 편지를 쓰려고 몇 시간이고 (필사적으로) 행복한 이야깃거리를 생각해내려고 애를 쓰곤 했는데.

하지만 난 지금 완전히 우울해요. 학교는 악몽 같아요. 성적이 엉망이거든요. 심리학은 중간고사에서 펑크를 내고 말았어요. 이 과목은 이 시시한 학교에서 그나마 괜찮은 과목 중 하나인데 말이에요. 다른 과목들에서도 대체로 그냥 나가떨어졌어요. 강의실에 앉아 있으면 그냥 우울해져요. 그런데 화도 안 나요.

쥐약을 놓은 뒤 며칠 동안 카프카의 소설에 나오는 무서운 꿈처럼 악취가 나는 곳을 찾아 온 집 안 구석구석을 뒤져야 했어요. 뭔가 썩을 때의 그 지독한 냄새가 끝이 없더군요.

배가 팽만한 채 죽은 생쥐가 서른세 마리나 나왔어요!

어딘가에, 적어도 세 마리는 더 있을 거 같은데 찾지를 못하겠어요. 악취가 나도 그냥 가만히 공부에 집중하려고 애쓰거나 그냥 머리가 돌아버리거나 둘 중 하나죠.

결국 쥐약과 쥐덫을 버렸어요. 그랬더니 원래 상태로 돌아가서 생쥐들이 씽씽 돌아다녀요(난 정말 머리가 돌아버리는 줄 알았어요. 농담 아니에요). 머리가 어떻게 될지도 모른다는 걱정 해본 적 있어요? 진지하게 하는 말이에요. 나는 그런 적이 많아요. 이번엔 그럴 가망성이 다분했죠. 어쩌면 그 모든 건 내 상상 속에서 일어난 일인지도 몰라요.

제프와 마크가 같이 저리로 뛰어가더니 닭장 뒤로 숨어요. 내가 부르니까 서로 몸을 기대고 키득거리네요. 이제 제프가 걸을 줄 아니 둘이 얼마나 신날까요? 잠잘 시간이 되면 두 아이는 그냥 저희 방으로 들어가요. 그냥 제발로들 걸어 들어가는데 그것만으로도 너무 보기 좋아요.

부엌과 거실에 죽은 쥐들이 있어서 나는 침실에 들어와 있어요. 날이 너무 더워서 창문 블라인드는 10센티미터 정도 걷어놓고 있죠. 그러니까 피트가 그의 패거리와 계속 안을 들여다보며 나한테 저주를 퍼부어요. 내가 저들을 빼내려고 법원에 다녀온 걸 알면서도 그래요.

지난 2주간 여기 앨러미다의 법원(치안판사)에 갔었어요. 처음엔 아무도 만나지 못했죠. 판사님들이 바빠요, 내일 다시 오세요, 미안하지만 지금 나가봐야 해요, 내일 다시 오세요, 하는 말만 계속 들어야 했어요.

배관공에게는 여섯 번이나 갔었어요. 그 사람은 번번이 "그럼요, 내일 갈게요."라고 말하죠.

크릴리 부부한테서 연락이 왔어요. 에드워드, 당신의 글을 읽고 밥 크릴리는 아주 열을 올렸어요. 정말이지 내뿜었어요―이걸 표현할 좀더

점잖은 말이 뭐가 있을지 모르겠어요. 아무튼 밥은 그냥 "굉장한데"라는 말만 한 게 아니라 그에 대한 명확한 판단과 주장까지 피력했어요. 나는 밥이 다른 사람들에 대해 "굉장한데"라는 말 외에 다른 말을 덧붙이는 건 처음 봤어요.

근사한 집에 사는 리즈 오카무라는 매우 행복해하더군요. 리즈는 같이 있을 때 마음이 비교적 편한 사람이에요. 전에 리즈에 대한 불평을 말해서 미안하게 생각해요. 나를 우울하게 만들고, 속 좁은 여자라는 기분이 들게 하고, 결과적으로 나를 사소한 일에 불평하는 여자로 만드는 사람들과는 아무런 관계도 갖고 싶지 않아요. 난 아무래도 사람들이 나에게 '지나치게 의지'하는 걸 좋아하지 않는 것 같아요. 리즈를 도와 청소를 해야 한다는 생각에 나는 굉장히 괴로웠거든요. 내가 자발적으로 생각해서 하는 거라면 기꺼이 하겠지만 말이죠.

우리 어머니한테서 다정한 편지를 받았어요. 편지를 쓰다 중단해야 해서 짜증난다며 끝을 맺으셨어요. 하녀들이 어머니 방을 청소하려고 반시간이나 기다리고 서 있다나요.

갑자기 뭔가 좋은 말을 하고 싶어서 그걸 생각해내느라고, 또는 뭔가를 부탁하려고 나는 이렇게 두서없이 계속 편지를 쓰고 있네요.

늦어도 다음 주엔 한번 만나러 갈게요.

사랑해요,

루시아

돈 부부

뉴멕시코주 산타페

카미노 신 농브레 501번지

에드워드에게,

형용사 사용과 이야기 전개의 시간 조절에 대한 기술적 도움에 먼저 감사해요. 당신이 지적해준 사항들 모두 옳아요. 전에는 몰랐고 아무에게서도 도움받지 못했던 것들이죠. 당신한테 의미 있는 도움을 받으리라는 건 알았어요. 하지만 모든 글쓰기와 예술이 어때야 하는지를 알려주는 편지를 받을 줄은, 또 당신이 내 글이나 나 자신의 잘못된 점이 무엇이지 분명하고 정확히 알려줄 거란 건 정말 몰랐어요. 아마 당신도 그건 몰랐겠죠. 아무튼 나는 완전히 충격을 받았어요.

나는 어렸을 때, 사실 그렇게 많이 어리지는 않았을 때였는데, 수업 시간에 눈에 띌 정도로 팬티를 적신 적이 있어요. 그냥 조금 창피할 수 있는 문제였지만 나는 다른 애들보다 컸기 때문에 스스로 감당할 수 없을 정도에 이르렀죠. 그 일 이후로 학교에 안 가려 했어요. 등교를 거부한 거예요. 그러던 어느 날 학교에서 편지가 왔어요. 배지가 달린 띠를 메고

학교 앞 건널목에서 차를 멈추게 하는 '안전원 샐리'로 나를 임명한다는 내용이었어요. 말도 안 돼, 라고 생각하며 학교엘 갔어요. 오줌 쌌던 건 까맣게 잊은 거죠. 세상 모든 트럭을 통제할 준비를 마치고 학교 건물 안을 순찰한 안전원 샐리는 학교 역사상 나밖에 없었을 텐데, 이 이야기를 하자면 핵심을 벗어나니 그만둘게요. 내가 이 이야기를 우스운 에피소드인 양 말한 것 같네요. 하지만 사실 나로서는 상당히 신경 쓰이는 얘기예요. 왜냐하면 그건 내가 부정적인 것을 숨기기 위해 포착한 긍정적인 이야기들 중 하나라서 그래요.

두 학교에서 일어난 사건에 대한 나의 글을 언급한 당신의 다정한 편지는 내가 실생활에서, 아니 주로 글에서 얼마나 그런 쪽으로 기우는지 보게 해주었어요. 그거 알아요? 심미적인(?) 측면을 제외하면 나는 그 초등학교가 사실 별로 안중에 없어요. 일곱 달 동안 아무런 향기도 없이 이름뿐이었던 건물은 나의 젠장맞을 인생, 내가 처음으로 영위한 인생 전체였어요. 당시엔 매 순간이 긍정적이었지만, 그 긍정적인 요소는 내 이야기에 하나도 들어가지 않았어요. 나는 당신이 좋아했다는 부분들, 교실에서 일어난 일, 그리고 지금의 매일매일에서 소재를 얻어요. 팀과 수녀를 다루는 극적인 장면이 실제로 존재하긴 했으나 그걸 통해 내가 성취한 '승리'는 없었어요. 하지만 승리라는 게 있긴 있었다고 해야겠네요. 그건 내 이야기 속 어떤 것보다 훨씬 더 정당한 긍정적 요소죠. 일곱 달의 관심을 기울이고 나서야 팀과 우리 반 학생들, 그들과 나 자신의 차이를 극복하게 되었어요. 내가 나 자신을 솔직하게 잊은 건 그때가 처음이자 마지막이었어요. 의식적으로 노력을 기울이고 내가 사랑하는 사람들에게 변화를 가져온 유일한 경우였죠.

나는 「엘 팀」에서 그런 요소를 모조리 억제했어요. 피상적인 긍정 때문이에요. 실제로는 당시 가지지 않았던 나의 소신, 그래서 이야기 속 나라는 존재의 허식 때문이죠. 정말 창피해요.

그리고 이 허위의 긍정과 이 허식 때문에 글의 리듬이 엉망이 돼요. 마치 어린아이가 올리브 그릇을 다른 사람에게 전달하다 말고 어른이 보나 안 보나 살피듯 글의 리듬이 끊기는 거죠.

기도문은 영어로 되어 있었어요. 학교의 어린 학생 대부분은 기도문의 영어 외에는 다른 영단어를 몰랐기 때문에 기도문이 더 아름다웠죠.

아무튼, 나는 몸이 좀 아파요. 오한과 열이 나요. 당신한테 목을 얻어맞은 것 같아서 그래요. 목 어디냐고요? 나도 몰라요. 지금까지 사람들은 모두 저마다 내게 일종의 샐리 배지를 달아주었어요. 그게 긍정적 부정인 적은 한 번도 없었죠. 나는 상당히 큰 충격을 받았어요…. 당신의 편지가 어떤 영향을 끼칠지는 분명 당신 자신도 몰랐을 거예요.

나한테 가장 말도 안 되는 부정적 반응은 말이죠, 난 이제 이 모든 빌어먹을 걸 전부 다시 써야 한다는 거예요…. 긍정적으로 독선적인 내 자아에 관한 보고서에 불과할 알량한 소설을 주로 써야 할 겁니다.

아무튼, 네, 당신 편지는 '도움'이 되었어요. 후유! 고마워요.

그리고 헐린, 마크와 제프리를 봐주겠다는 당신의 무리한 제안 감사해요. 아마 우리는 갈 수 없을 테지만, 그래도 그렇게 해준다니 고마워요. 레이스는 프린스 바비 잭과 소니 콜먼, 이들과 연주하는 두 군데 일자리 때문에 매일 리허설을 해야 하거든요. 레이스가 소니 얘기한 거 기억나요? 소니는 사람 좋은 훌륭한 뮤지션이라죠. 그러니까 잘된 걸 테고요. 에드워드, 헐린, 당신들도 그들 연주를 들을 수 있으면 좋겠어요. 레이스는 한편으론 자기 밴드와 리허설을 하고 있어요…. 사운드가 완전 죽여줘요. 그런데 멤버들이 너무 젊고 밴드 활동을 재미 삼아 하는 경향이 있어서 내 생각엔 레이스가 밴드를 조직적으로 유지하려면 아주 애를 먹을 것 같아요.

　간밤에는 레이스의 밴드가 연주하는 클럽들에 그들과 함께 갔어요. 정말 즐거웠죠. 과도할 정도로요. 레이스는 휴가를 즐기는 것 같았어요! 하지만 미친 짓이기도 했어요. 한 클럽에서 다른 클럽으로 옮겨 가며 그런다는 게 말이에요. 각 클럽에서의 연주는 단막극이랄까, 한 뮤지션의 인생 같달까. 할리우드 라스베이거스풍의 클럽인 웨스턴 스카이스는 정말 놀라웠어요. 그랜드피아노, 지배인, 밴드에게 욕설을 퍼붓는 부유한 텍사스 사람, 웨이트리스를 꾀려는 부유한 캘리포니아 사람 등등. 그러는 와중에도 밴드는 호흡을 맞춰 음악을 연주하는데, 한 동성애자는 뇌물로 피아노 주자를 꾀려 들었고, 젊은 베이스 주자에게 반한 웨이트리스도 하나 있었지만 그 주자는 그녀와 그 동성애자에게 겁을 먹었어요. 쿠바 기타리스트가 연주하는 동안 다른 뮤지션들은 누가 어디서 연주를 하고 있는지, 또 누가 자기들 일자리를 노리고 있는지 등을 이야기하며 걱정하더군요(결국 폴 무엔치가 그다음 주에 그들의 자리를 대신하게 되었죠). 어니 존스는 마치 내일이란 없다는 듯이 기타를 쳐요. 훌륭한 연주였죠. 휴식 시간에 그를 보니 거의 제대로 서지도 못하더라고요. 숨도 제대로 못 쉬고. 그는 병이 들어 죽어가면서도 그래요.

밴드박스라는 데는 본격 나이트클럽인데 남녀 화장실에 왕과 여왕 표시가 되어 있어요. 사장은 어딘가 뒤가 구려 보이는 인물이더라고요. 여기는 좀 안 좋았어요. 조합 618 지역 지부장인 폴 무엔치가 조합원 카드를 검사하더군요. 그리고 밴드 리더에겐 조합에 회비 밀린 게 있으니 어떤 곳에서든 그만 연주하라고 말하더라고요. 밴드 멤버들도 그렇겠으나 그 리더는 자신들의 자리를 대신하게 된 레이스가 좋은 친구임에도 얄미울 수밖에요.

실제로 그랬다는 건 아니지만 뭐, 밴드 리더인 추이가 달리 생각했겠어요? 추이는 이제 늙고 지쳤어요. 드럼을 치는 그는 그야말로 지친 상태죠. 눈썹이 두터운 멕시코인 플루트 주자는 늙었는데도 자신만만하게 연주했어요. 쇼가 시작될 때 나이는 마흔다섯쯤 되어 보이고 염색한 금발에 얼굴은 태양등처럼 생긴 남자가 나오더니 우리더러 웃으라고 아주 사정을 하더군요. "제발 웃어요! 좀 웃어!"라면서요. 하지만 모두 너무 피곤했어요. 그 사람은 정말 끔찍하더라고요. 그리고 (환각제를 한) 어떤 젊은 창녀는… 에이, 이 광경은 너무 끔찍하니 그만두죠. 폴 무엔치는 레이스의 미래의 고용주인 그 역겨운 사람한테 그러더군요. 마음만 먹으면 자기 언제든 계약을 파기할 수 있다고요.

그다음으로 우리는 힐턴의 '피아노 바'에 갔어요. 거기 손님들은 나이가 좀 더 많고 여행 다니는 남자들이었는데 모두 한결같이 어느 순간에 이르면 누군가에게 "나도 외로워요"라는 말을 하더라고요. 심지어 피아노 연주자한테도요. 이 연주자는 여자인데 피아노를 치면서 마를레네 디트리히* 같은 저음으로 불평을, 정말 불평을 늘어놓거나 남의 소문 이야기도 중얼대더라고요. 그런데 말하는 거나 생긴 거를 보면 그냥 이웃 아줌마 같아서 기분이 좀 이상했어요.

그다음엔 알 몬테 클럽에 갔어요. 레이스가 일하던 곳이죠. 거긴 일하기에 아주 좋아요. 그렇게 환경이 좋고 사람들도 좋은데 그곳 일을 그만뒀으니 미친 짓이죠.

우리가 언제 또 이렇게 클럽에 갈지는 모르겠지만 다음 주에 다시 갈 거라는 건 확실해요.

크릴리는 석사 과정을 마치고 매우 기뻐해요. 그와 같이 있으면 즐거워요. 그리고 하인즈와 볼로는 어떤 패거리의 선두에 서서 닭들을 죽이고 끔찍한 곤경에 처했어요.

에드워드. 이제 80페이지만 더 쓰면 거의 진정한 '소설'이 완성돼요. 그러면 한번 읽어봐주겠어요? 당신네 아이들은 방학을 어떻게 보내고 있나요?

루시아

---

* Marlene Dietrich(1901~1992). 독일 출신의 미국 영화배우.

돈 부부

뉴멕시코주 산타페

카미노 신 농브레 501번지

돈 부부에게,

매일 '내일 가야지' 하는 생각을 해요. 담요가 없는데 풀이 괜찮았으면 좋겠어요. 진은 진료하지 않고선 처방을 해주지 않을 거예요. 하지만 뭐, 진은 2주 후에 떠나는걸요. 내 생각엔 그전에 진을 찾아가면 진료비 없이 갱신 가능한 처방전을 써줄 것 같아요. 일단 진은 수납장을 비우고 약이 든 단지를 하나 내게 주었어요. 온갖 진정제가 다 들어 있더군요. 라벨이 붙어 있지 않은 것도 진정제였고, 분홍색 알약 세 개가 함께 든 것들은 하루에 세 알씩 며칠간 먹는 약이었어요.

단지에 든 약: 기저귀 피부염약

　　　　　　수면제

　　　　　　설사약

　　　　　　선탠 로션

천식약

알레르기 비염약

간 성분 약

(요청하시면 더 알려드릴게요)

대내 모두 편안하시길 바라요. 전화를 세 번 걸었는데 서머스는 전화를 받지도 않더군요.

집을 구하게 된 거 같아요. 정말 집 같은 집이죠. (그런데 배관을 하려면 한 달은 걸린대요! 그때까지는 이사 들어가지 않을 거예요.) 산속에 있는 집인데 돌로 만든 벽난로가 있고 덩굴식물과 소나무, 이끼, 샘물, 붕어가 사는 연못이 있어요. 아주 멋져요. 월세 65달러[*]인데 굉장히 크고, 아이다호나 몬태나의 집 같아요. 루핑 펠트 지붕널을 얹었고 창문을 내다보면 언덕 사면이 바로 앞에 보이죠. 굉장히 좋아요.

달리 할 말이 별로 없어요. 어쨌든 정말 좋지 않아요?

네, 학교는 방학이에요. 그리고 한 시간 전에 우리에게 흰 고양이가 생겼어요.

오늘 새 단편을 쓰기 시작했어요. (당신에겐) 편지를 쓰지 못했어요. 쓰긴 했는데 나도 내 마음이 진심인지 아닌지 알 수 없지만 당신에게 편지를 쓴다는 것, 당신을 안다는 것은 멋진 일이에요.

---

[*] 최근 화폐 가치로 환산하면 약 600달러 정도로 추산된다.

여기 왔을 때 도움을 줘서 감사하다는 말을 다시금 하고 싶어요.

어니 존스는 좀 발끈했어요. 저번 금요일부터요. 웨스턴 스카이스에서 어니는 무척 취해서 굉장한 싸움을 벌였어요. 차가 부서지고 갈비뼈가 부러지면서 하나 남은 폐에 구멍까지 났다니까요.

굉장히 끔찍하면서 역설적인 사건이었어요. 죽고 싶지 않아서 그 모든 분란을 일으켰다는데 외롭다나 어쨌다나 하면서 병원에는 안 가려 했으니 말이에요.

그러다 결국 바탄 종합병원에 실려 갔어요. 레이스가 병원에 전화를 해서 어니 상태를 문의했더니, 어니는 진단 결과를 들은 뒤 폐도 갈비뼈도 없이 병원에서 사라졌는데 어디로 갔는지 찾지 못하고 있더래요.

200명 정도 되는 사람들이 어니를 찾아 돌아다녔어요.

그러다 새벽 두 시에 찾아냈죠. 재향군인병원에 스스로 걸어 들어가 자기가 옛날에 입원했던 병동으로 갔더래요. 지금은 많이 회복했어요.

우리 아버지가 스트렁크(Strunk)[와 이것을 다시 소개한 화이트(White)]의 『문장의 첫걸음(The Elements of Style)』이라는 멋진 책을 보내주셨어요.

그게 전부예요. 역설적이지만 만사가 평안해요. 그다지 긴장되지 않은 생활이죠. 사실은 행복해요. 모든 일이 잘 돌아가서 행복한 건 아니고 인생의 굴곡진 곳, 공포의 안과 밖, 그곳이 어디든 갈 데까지 다 가봤기 때문에 그래요. 명백히 난 아무래도 상관없어요. 집은 이래저래 도움이 될 테고 그건 고양이에게도 마찬가지겠죠. 이 미친 고양이, 이 녀석이 방금 침대에 오줌을 쌌어요. 이 고양이는 100달러 주고 샀어요. 파란 눈, 털은 하얗고, 신경은 과민하고, 동작이 어줍고, 똘똘하지도 않지만 너무 좋아요. 이 녀석은 레티 같아요.

루시아

돈 부부

뉴멕시코주 산타페

카미노 신 농브레 501번지

　돈 부부에게, 당신들 소식을 들으면 좋겠어요. 우린 뉴욕시로 가는 길
이에요. 지난주는 불쾌하고 고통스럽고 근사했죠. 힘든 일 ＋ 부정적 ＋
긍정적 ＋ 우리가 만난 일 ＋ 이제 모든 게 근사하고 괜찮아질 거예요.

　　　　　　　　　　　　　　　　사랑을 담아, 루시아

　　　　　　　　　　　　　　　　(그림엽서에 계속)

　산타페와 헐린에게, 우리는 일단 시작했으니 계속하는 편이 좋을 수
도 있겠다고 생각했어요. 서두르지 않았는데도 이틀밖에 안 걸렸죠. 그
러니 그렇게 멀지는 않은 거예요. 잠자는 시간 외에 루시아가 하는 일
은: 식사 ＋ 마크와 아기 제프 ＋ 개 돌보기 등이에요. 모두 제정신이 아
니에요. 우리는 여기서 며칠 더 머물다가 뉴욕으로 돌아갈 예정이에요.

사람들이 모두 그러는데 돈 씨 가족이 와서 함께 있을 만한 큰 집을 찾기는 힘들 거라네요. 그래도 찾아볼게요.

사랑을 보내며, 레이스

돈 부부

뉴멕시코주 산타페

카미노 신 농브레 501번지

돈 부부에게,

그거 알아요? 레이스의 본가 앞길에 들어섰을 때 보니 우리는 3,200킬로미터를 운전해왔는데 예상보다 딱 20분 늦었어요. 정말 굉장하죠? 난 이제야 이해하겠어요. 그건 동부와 관련 있다는 걸요. 여기 사람들은 모두 4월 2일에 헛간을 칠하고 9월 12일에는 나무 주위에 멀치(mulch)*를 깔아주는 등 어떤 질서에 따라 움직여요. 알렉산더 포프(Alexander Pope)가 자연의 혼돈 속 질서였는지 자연의 질서 속 혼돈이었는지 아무튼 그런 것에 관한 어떤 시에서 한 말이 있죠. 나는 얽히고설킨 이 빌어먹을 자연의 풍요에, 그 비옥함에 질식한다, 였나 뭐였나 하는 시 있잖아요. 비와 풀, 눈덩이, 우주, 호박초롱, 스위트피, 수호초, 그리고 그 가운데 사람들이 취하는 절제의 질서. 과도해요. 게다가 앨버커키의 그 지겨운 황무지는 또 어떻고요. 사람들은 땅에서 어떤 힘이나 생명력

---

* 잡초가 자라거나 땅의 수분이 감소하는 것을 막기 위해 식물 주위에 뿌리는 짚단, 낙엽, 나무 부스러기 따위의 층.

은 취하지 못하고 오히려 자신들이 가진 것을 몽땅 갖다 바치죠.

여행은 아주 좋았어요. 제프는 건강해요. 마크는 특히 인디애나폴리스에서 아주 즐거워했어요. 한번은 물웅덩이 옆 구리색 수수밭 건너편의 옴부나무 아래서 점심을 먹었어요.

올튼*에서 본 **미시시피강** 같은 장관은 내 평생 처음이었어요. 그걸 보고 **애국심**이 솟아났다니까요. 그러니 개척자들과 이주민들은 어땠겠어요?

세인트루이스까진 효율적으로 잘 갔어요(골치 아픈 지도도 안 가져갔는데 말이에요). 그런데 거기서 길을 헷갈리는 바람에 빙 돌아 저 위에 있는 마툰**까지 거의 다 가버렸어요. 그러다 오하이오 고속도로를 타야겠다고 생각했는데 그만 진입로를 놓쳤지 뭐예요. 동부는 이게 문제예요. 마음을 바꿀 수가 없어요. 실수하면 안 되는 거죠. 가다가 멈출 수도 없고요.

정차 금지

그래도 미주리주에서는 일방통행로를 지나가다가 백미러로 맞은편 일방통행로의 표지판을 보면 친절한 안내 문구를 발견할 수 있었어요.

---

* 세인트루이스에서 약 25킬로미터 북쪽에 있는 일리노이주의 시로 미시시피강에 면해 있다.
** 세인트루이스에서 동북쪽으로 약 200킬로미터 떨어진 소도시.

지금 유턴하십시오.

역주행 금지 도로입니다.

아무튼 고속도로를 놓친 뒤 결국 클리블랜드까지 갔는데 거기서 길을 잃었어요. 벽돌과 안개와 연기와 전등들이 있는 공장지대의 거리에 날이 밝기 시작할 무렵이었죠. 우리는 "조심! 와!" 하고 소리쳤어요.

그거 알죠? 거기까지 올라가면 이리(Erie) 호수 옆으로 드라이브할 수 있다는 거. 우리가 있는 곳에서 80킬로미터 정도만 가면 이리 호수였어요. 클리블랜드의 유클리드 스트리트에 동이 틀 때 호수가 흘끗 보이더라고요.

레이스의 본가에 도착한 건 일요일 오후였어요. 이 경험을 표현할 수 있다면 정말 좋겠네요. 이 경외감, 진정한 집이란 어떤 것인지 나는 전혀 몰랐어요. 집안에 자손이 태어날 때마다 심은 자작나무들이 자라는 집, 고미다락과 포도주 저장실과 뒤뜰에 정자가 있는 집. 마을의 모든 사람들이 평생 서로 알고 지내고 모든 친척들이 늘 서로를 보며 지내며 그런 생활을 좋아하는 곳. 친지의 탄생과 죽음을 이야기할 때 『전쟁과 평화』에서처럼 탄생과 죽음을 받아들이는 곳. 팬 고모님은 자신의 (아름다운) 집을 구경시켜줬어요. 진정한 뉴잉글랜드풍의 벽널을 댄 서재에 들어갔을 때 고모님은 "장례식이 있어 손님들 외투를 받아둘 때 외에는 별로 사용하지 않아"라고 하시더군요.

레이스가 나로 하여금 집다운 집을 알게 해줘서 얼마나 기쁜지 몰라요. 그분들의 '샌디(레이스)'가 왔어, 라는 말마저 내게는 참 따뜻하게 느껴졌어요. 우리는 휴가 겸 휴식 겸 신혼여행을 즐기는 중이에요. 메인 스트리트를 따라 걸으면 사방엔 꽃이 미친 듯 무성하고 잔디가 깔려 있죠. 다락방에 올라가 책이나 사진이 든 상자, 레이스가 든 상자들을 하나하나 열어보기도 해요. 부엌 옆 식당에는 꽃과 촛불과 버터 접시가 놓여 있어요. 마크는 옥수수밭에서 옥수수를 따오더니 씻어서 그냥 먹었어요 (좋아서 어쩔 줄 몰라하더라고요!). 우린 레이스의 사촌 앤디와 그의 아내 에스터를 보러 갔어요. 에드워드, 헐린! 그 사람들 정말 굉장해요. 아주 열심히 일하고, 일하는 모습도 아주 쉬워 보이죠. 멀치를 깔고(난 멀치라는 단어가 참 좋아요) 씨를 뿌리고, 수확하고, 그걸 통조림으로 만들고, 가지치기와 접붙이기를 하고, 옷을 깁고 빵을 굽고 모든 식량을 직접 재배해 조달하더라고요. 모든 일이 주기적으로 순환해요. 질서정연하고 좋아요. 그들 모두는 좋은 사람들이에요. 기발한 위트가 있고 매사에 또 모든 것에 관심을 기울이고, 매일매일 보게 되는 모든 것에서 즐거움을 얻는 이들이죠. 나는 모든 사람들을 만나고 다녀요. 그들이 나를 괜찮다고 생각하거나 인정하거나 좋아해서 그런다는 말을 하려는 게 아니에요. 뭐, 그렇긴 한 것 같지만 그보다는 자신들의 『전쟁과 평화』의 현장에, 자신들의 요람을 올려둔 다락방으로까지 나를 받아들여주기 때문에 그래요. 제프는 프록터 할머니가 사용했고 바비가 물려받아 쓴 아기침대에서 잠을 자요. 나는 좋으면서도 한편으론 겁이 나요. 난 가족이란 게 무엇인지 몰랐던 거예요.

우리 집안의 마지막 친족 모임이 계속 생각나네요. 엘패소에 사는 할아버지와 메이미 할머니의 자식들이 모였을 때였죠. 할아버지가 자리에 앉을 때까지 할머니는 할아버지 커피잔의 손잡이를 바깥쪽으로 돌리고 뜨거운 커피잔 몸통을 잡아 든 채 눈물을 글썽이고 계셨어요. 할아버지는 자리에 앉은 다음에야 커피잔 손잡이를 잡아들고 커피를 마셨죠.

크리스마스 때에도 친족 모임이 있었어요. 서른 명 정도 되는 친척들로 집 안이 꽉 찬 데다 여러 일들이 벌어졌죠. 무엇보다 거기 모인 모든 사람들은 우리 숙모가 빨리 죽었으면 하더라고요. 숙모와 삼촌은 평생무척 행복하게 서로 사랑하며 잘 살았는데 언젠가부터 숙모는 병이 들어 항상 고통 속에서 지내고 계셨어요. 숙모의 몸은 자기연민과 공포로 숙모를 파괴하기 시작했는데, 그러자 숙모가 주변 사람들을 파괴하기 시작한 걸 보면 도리언 그레이(Dorian Grey)가 역전된 것 같았죠. 그해 크리스마스엔 의사인 홀트 선생님도 거기 있었어요. 그분은 코카인 주사가 불법인데도 어떻게 무거운 양심의 가책과 두려움을 느끼면서까지 계속 숙모에게 그걸 놔줬는지 모르겠어요. 숙모를 사랑하는 삼촌은 숙모 곁을 지키며 밤마다 울었고, 숙모의 자식들은 삼촌의 인생을 지옥으로 만들었다며 숙모를 미워했죠. 숙모를 위해 기도하던 숙모의 어머니는 미쳐버렸고요. 숙모는 자기 어머니를 방에서 나오지 못하게 했어요. 식사하러 나오는 것도 금지시켰고 하루에 두 번 화장실에 갈 때만 나오

• 영국의 소설가 오스카 와일드가 1890년에 쓴 소설의 주인공.

게 했죠. 그때 나도 거기에 있었어요. 내 이혼 수속이 마무리되기 2주 전이었고, 우리 부모님은 3주만 있으면 떠날 예정이었죠. 부유한 목장 주인으로 삼촌과 절친인 렉스 킵도 왔어요. 크리스마스 며칠 전, 렉스와 삼촌이 경비행기를 타고 어디론가 갔을 때 우리 모두는 그들이 술을 마시러 간 줄 생각했죠. 나중에 알고 보니 멕시코에서 할 산타클로스 노릇에 필요한 선물을 사러 갔던 거였어요. 밤에 멕시코의 가난한 마을로 날아가선 선물로 준비한 씨앗, 콩, 옥수수 가루, 장난감, 의류 등등을 집집마다에 가져다주더라고요. 역겨운 텍사스인다운 짓이지만 술 취한 두 백만장자가 크리스마스를 맞아 뭔가 좋은 일을 해보겠다고 미친 듯 애쓰며 비행기를 타고 돌아다니는 걸 생각하면 꼭 역겹지만은 않더군요.

아무튼 크리스마스이브엔 날이 추웠어요. 여러 일들이 벌어졌죠. 사람들이 두 파로 나뉘었어요. 주정뱅이 쪽은 서로 급속 냉장고나 TV와 농담을 주고받았고, 신앙인 쪽은 주기도문 성가를 불렀고 일부는 햄과 터키 요리를 했죠. 포커 판이 벌어지고 사람들이 새로 산 팔로미노 말을 타고 나타나는 등 모두 저마다 모종의 객기들을 부렸어요. 윌리엄 포크너(William Faulkner) 소설풍의 난폭한 상황이 벌어지기도 했어요. 그날이 크리스마스이브라는 건 안중에도 없었던 거죠. 그래도 어쨌든 크리스마스이브였는데 말이에요. 그런 상황들을 보다 못한 숙모는 "내가 죽었으면 좋겠냐? 좋아, 그럼 죽어주지!" 하고는 목욕 가운만 달랑 걸치고 지붕 위로 올라가 거기에 드러누웠는데 눈이 내리는 거예요. 엘패소에 눈이라니.

우리 집안사람들에겐 이상한 구석이 있어요. 거실이든 어디를 지나갈 때 누군가와 마주치거나 그 안에 앉아 있는 사람을 보면 걸음을 멈추고 그 사람을 만진다고 해야 하나 접촉한다고 해야 하나, 하여간에 그래요. 무언가를 확인하는 것이죠. 확인하는 게 흔히 괴롭고 화나게 하는 것이더라도 말이에요.

그래서 내가 레이스 본가의 정말 긍정적인 사람들, 정직한 그들을 이해하지 못하는 거예요. 이제 이 편지의 부정적인 부분에 돌입할게요, 에드워드. 내가 겁난다고 했을 때 말하려 했던 게 바로 그거예요. 나는 이 환경과 맞지 않기 때문에 겁이 나요. 친절하고, 정말 좋고 정직하고 긍정적인 환경. 아무도 비탄하거나 비명을 지르지 않고 욕설을 퍼붓거나 포옹하거나 깽판을 치지도 않는, 절망하거나 욕망하거나 자기를 속이거나 몽상에 빠지지도 않는 이 환경. 나는 레이스 뉴턴의 본가 사람들이 좋아요. 정말 친절하죠. 그들은 샌디(레이스)를 많이 많이 사랑해요. 그런데 오랜만에 본 레이스에게 "어! 어서 와, 샌퍼드!"라고만 할 뿐 눈물을 흘리는 사람은 하나도 없더군요. 레이스의 사촌 앤디가 전쟁터에서 끔찍한 시간을 보내고 초주검이 되어 돌아왔을 때 그의 아버지는 아들과 악수를 하더라고요. "어서 와, 앤드루"라면서요. 레이스의 집안에 감상적인 사람은 아무도 없어요.

그러니까 여기서 결국 진부한 감상은 하찮을뿐더러 피상적이라는 거예요. 레이스의 집안에서 볼 수 있는 건 사랑의 신뢰성과 힘이죠. 아! 아주 어렸을 때 나는 로버트 프로스트(Robert Frost)와 그의 시〈눈 내리는 저녁 숲가에 서서(Stopping by Woods on a Snowy Evening)〉를 좋아했어요. 그걸 읽고 나선〈인부의 죽음(The Death of the Hired Man)〉을 읽었는데 그 시엔 (대충) 이런 구절이 있죠. "집은 내가 달리 갈 곳이 없을 때 나를 받아줘야 하는 곳이다."

여기에 내 빌어먹을 타자기가 있으면 좋겠어요. 글을 쓰고 싶어요. 말도 안 되지만 갑자기 쓰고 싶은 게 수없이 많이 생겼어요. 아무튼, 그 멋진 리틀 폴스에 도착한 이튿날 **우물이 말랐어요!** 물이 없더라고요. 60년 만에 처음 있는 일이라더군요.

그래서 우리는 해치 호수에 왔어요. 샌디가 자랐던 셰이디사이드에 있죠. 최고의 호수와 최고의 오두막에서 우리는 캠핑도 하고 호숫물에 몸을 씻고 빨래를 했어요. 마크와 제프는 흥분해서 어쩔 줄 몰라해요. 가재와 달팽이, 물뱀, 다람쥐, 박새. 오두막 침대에 누워 밖을 보면 **빽빽한** 나무와 하늘이 있고, 베개를 등에 대고 일어나 앉으면 호수가 내려다보이죠. 우리는 지금 잔교(棧橋)에 나와 있고, 제프는 조약돌과 달팽이를 물에 던져 넣고 있어요. 레이스는 책을 읽는 중이고(레이스는 여기에 아주 좋은 책들을 많이 갖고 있어요) 나는 고양이와 함께 배를 타고 있어요. 하인즈 때문에 우리는 골머리를 앓고 있죠. 마크는 프록터 할머니의 철제 침대에서 자는 중이에요.

간밤엔 레이스의 어머니와 아버지, 레이스의 형 데이나와 그의 아내 리, 그들의 자녀들이 우리 이웃에 사는 모(Moe) 숙모님과 함께 와서 저녁으로 옥수수를 먹었어요(물이 든 솥을 불에 올려두고 달려가 옥수수를 따다가 껍질째 끓는 물에 집어넣은 뒤 3분 정도 삶아 먹으면 돼요). 호수 위로 돌출해 있는 포치의 탁자에 유포를 덮고 낡은 의자에 앉아서 먹었죠. 아주 재미있었어요. 모 숙모님은 상상했던 대로 정말 인자한 부인이세요(꾸밈없는 분이죠). 우리는 근사한 주전자에 물을 끓이고 접시와 컷 글라스 젤리 그릇을 씻으며 좋은 이야기를 나누었어요.

배를 타고 있자니 멀미가 나네요. 마크와 제프는 살이 올랐고 피부도 갈색으로 그을렸어요. **나도 살이 쪘어요.** 산타페에서 입던 파란 드레스는 이제 단추도 잠기지 않네요. 사실 나는 하루아침에 더없이 건강해 보이게 되었어요. 살이 찐 데다 화장도 (10년 만에 처음으로) 안 하고선 노를 저어 배를 타고 들어와 커다란 옛날 침대의 시트를 정돈하느라 피곤하고 말이죠.

그런데 사실 내가 이 편지를 쓰는 주된 이유는 우물이 말랐을 때 레이스의 아버지께서 제이 머피를 불렀던 이야기를 하고 싶어서예요. **수맥꾼** 머피 씨는 미치광이 같은 회색 오버올 차림에 오리나무 지팡이를 들고 왔어요. 무거운 걸음으로 숲속을 돌아다니다 수맥 세 줄기가 만나는 지점을 찾아냈더군요.

나더러 지팡이를 들고 그 지점 쪽으로 가보라 해서 그대로 했는데 아무런 현상도 일어나지 않더라고요. 그래서 이번에는 그가 Y자로 생긴 지팡이의 한쪽을 잡고 내가 다른 한쪽을 잡은 다음 다시 시도해봤죠. 그가 내 손 위로 다른 쪽마저 잡았기 때문에 사실 내가 잡았다곤 할 수 없지만, 아무튼 그 지점에 가까워지자 지팡이 끄트머리가 땅 쪽으로 당겨

지지 뭐예요. **땅이 지팡이를 당긴 거예요.**

그가 말한 바에 따르면 어떤 지팡이를 쓰는가는 중요하지 않다네요. 철사로도 할 수 있대요. 수맥을 찾는 건 **천부의 재능**이라던데, 중요한 건 바로 그 재능이라는 뜻이었어요. "나도 왜 그런지 모르오. 그냥 그런 줄 알 뿐."

그러자 뉴턴 박사님은 자신(박사님)이 정확히 알고 있는 수맥도 머피 씨가 찾을 수 있는지 시험해봤어요. 그런데 머피 씨는 그곳을 정확히 짚어내더라고요. 정말 딴 세상 같았어요. 그 사람은 손이 **너무 동양인 같고 늙었더군요.**

수맥을 찾아내는 재능은 모 숙모님에게도 있는 것 같아요. 내 눈엔 그렇게 보여요. 숙모님은 의지력이 있는 분이에요. 우리 언젠가 이에 관한 이야기를 하지 않았던가요, 에드워드? **의지력.** 이곳 사람들에게 있는 게 바로 그거예요. 그 의지력의 근원을 더듬어보면 허먼 멜빌(Herman Melville)이 가졌던 것 같은 믿음 내지는 열정과 관련이 있을 거예요. 또 어떤 점에서 그건 멜빌에게 있던 활력과 같은 것일지도 모르죠. 거기엔 힘이 있으니까요. 무엇보다 거기엔 질서가 있어요. 멜빌의 『나와 나의 굴뚝(I and My Chimney)』에 나왔던 것 같은 질서 말이에요.

지금 우리는 포치에 나와 있어요. 우스꽝스러운 낡은 의자에 앉아 있는데 옆에 있는 베개엔 이런 글이 자수로 수놓아져 있네요.

아래를 보지 말고 위를 보라

뒤를 보지 말고 앞을 보라

안을 보지 말고 밖을 보라

　내가 이 읽기 어려운 편지를 끝맺을 듯맺으면서도 계속 쓰고 있는 거 같네요. 마무리하기 전에 항상 당신 가족을 떠나고 당신을 알고 지내는 것에 대한 무언가를 말하고 싶어서 그래요. 우리는 당신 부부를 그리워한답니다. 우리 삼촌이 말했듯, 모든 게 지나간 뒤 남는 건 우리가 친구라는 사실이에요.

사랑을 담아,

루시아

　P.S.

　마크가 혼자 노 젓는 배를 탔어요. 노를 끌어올려 홈에 끼우고 노를 완벽히 젓더라고요. 하지만 문제는 배가 정박되어, 아니, 닻을 내리고 있었단 거죠. 마크는 얼굴이 환하고 아름다워요.

　잭 케루악에게 보냈던 내 단편소설이 반송되었어요. 주소가 잘못되었다네요. 거기가 로드아일랜드인가요, 롱아일랜드인가요?

돈 부부

뉴멕시코주 산타페

카미노 신 농브레 501번지

    지금 〈이-아(Ee-ah)〉＊를 듣고 있어요. 하지만 내가 쓴 편지를 다시 읽어보려고 해요. 네, 역시 날카로운 확신이 보이는군요. 내가 자신만만하고 행복하기 때문에 가까스로 그 확신이 보이긴 하죠. 어쨌든 확신이 있긴 있네요. 그래서 내가 확신을 추구하는 활동에 대해 두 가지만 말하려고 해요. 하나는 언덕 위의 매우 조용하고 아무런 움직임도 없는 정자 옆, 꽃이 만발한 푹신한 잔디에 앉아 있는 거예요. 모든 게 푸르고 아름답고, 바람 불 때 외에는 하늘이 보이지 않는 곳. 바로 이거예요. 소리도 빛도 없는 곳.

    하늘을 신뢰할 수 없다는 생각을 하고 그런 생각이 우스우니 어색한 기분이 들다가도, 나무 때문에 강이 안 보이니까 별로 그렇지도 않더라고요.

    우리가 앨러미다로 이사 갔을 때 햇볕 아래 펌프 옆에서 설거지를 하

＊   재즈 색소폰 뮤지션 소니 롤린스의 1959년 곡을 가리키는 것으로 추정된다.

던 때가 생각났어요. 젠장, 버디와 함께 그 집 문 앞 계단에 앉아, 지는 해를 바라보던 그때가 그립네요.

월요일엔 버디가 이리로 전화를 했어요. 전형적인 밉상 짓이죠. 전화가 있는 거실에 팬 숙모, 모 숙모, 레바 숙모, 그리고 사촌 베치가 있을 줄 알면서도 전화를 한 거예요. 레이스도 거기 있으니 그렇게 전화를 하면 내가 당황할 거란 걸 알면서, 또 한편으론 내가 자기 목소리를 들으면 기뻐할 줄 알고 말이죠. 이게 문제예요. 어떻게 하면 서로의 마음을 움직이고 어떻게 하면 상처를 줄 수 있는지 아는 일이 우리 사이에선 너무 쉽다는 것 말이에요. 난 전화로 그에게 상처를 줬고, 그랬더니 버디는 울더군요. 하지만 문제는 내가 그렇게 한 건 버디가 나를 떠나길 원해서가 아니라 전화를 했다는 데 화가 났기 때문이란 거죠. 나는 "계집은 다 똑같아" 하는 식으로 버디가 보인 태도 때문에 화가 났고 상처를 받았거든요. 버디는 분명 실제로 그렇게 말했음에도 그런 적 없다고 했지만요. 언제가 화가 났을 때 버디는 그 말을 했고, 그렇게 하면 내가 상처받을 거라는 것도 알고 있었어요. 정말 밉상 아니에요? 하지만 그 애틋한 마음, 그게 참 술술 우러나요. 바로 이게 문제죠.

아, 젠장. 복잡한 문제예요. 어떻게 설명하면 좋을지 모르겠네요.

우리가 이야기한 적 있다시피 이건 술 취한 상태와 마약을 한 상태의 차이 같아요.

술 취한 자아의 궁극적 가치. 그건 바로 나와 레이스에게서 볼 수 있는 좋은 예죠. 그게 없다면 생을 이끌어가는 노력은 상당히 어색하고 서툴

거예요. 마치 취한 상태에서 길에 떨어진 꽃잎을 주우려 할 때처럼 말이에요. 그런 행위는 가치 있고 긍정적인 것이죠.

나는 이게 가치가 있다는 걸 믿어요. 내게는 무척 부자연스러워요. 어렵고요.

사랑을 담아,

루시아

돈 부부

뉴멕시코주 산타페

카미노 신 농브레 501번지

돈 부부에게,

이봐요, 우선 편지란 한 번에 한 사람에게 얘기하는 거라서 꽤 매력적인 거란 점을 얘기하고 싶어요. 그래서 말인데요, 헐린, 당신 부부와 헤어진 뒤 이렇게 다정하고 긴 편지를, 그것도 우리가 새 집으로 이사 온 날 받으니 정말 기분 최고예요. 새 집 주소는 다음과 같아요.

뉴욕주 뉴욕시 13가 웨스트 106번지

우아! 우리도 걱정스러워서 한동안은 정말 너무나 맥이 빠져 있었어요. 차가 여러 번 고장 난($$$$) 데다 전화 설치하는 데 100달러의 보증금을 내야 했고, 월세 100달러짜리 아파트에 보증금은 300달러나 됐거든요. 앨러미다에서 살던 집에 비하면 크기는 절반밖에 안 되고 두 배는 더 낡았는데 말이에요. 그런데 $은 전혀 없었어요. 정말 간담이 서늘

했죠. 우리가 본 집들은 전부 우울하고 끔찍한데 비쌌어요. 한 군데 가능성 있는 집이 있긴 했는데 보증금은 300달러, 월세는 65달러짜리 아파트였어요. 큰 방 하나, 1구짜리 가스레인지, 한쪽 끝의 창문 하나, 부엌에 붙은 욕실(욕실에 붙은 부엌이라고 해야 할지도 모르겠네요)이 있는 집이었지만 벽난로가 있고 명랑한 분위기가 감도는 아파트였어요. 위치는 코닐리아 스트리트였고요. 약동하는 그리니치빌리지의 한복판에 있지만 그 위치의 사실주의와 시적인 것을 담아내진 못하는 곳이었죠. 아무튼 우리는 결국 말도 안 되는 아파트를 얻었어요. 내 말은, 좋다는 뜻이에요. 4층까지 걸어 올라가고 뒤편에 있어서 조용한 데다 방마다 큰 창문이 있고 (대체로) 부엌다운 부엌이 있죠. 좋은 점은 햇빛이 잘 들고 밝을 뿐 아니라 방 하나에는 내민창 비슷한 게 있어서, 거기선 길 아래가 보이고 뒤뜰의 다른 사람들 정원과 나무가 눈에 들어온다는 거예요. 아파트 앞길도 좋아요. 가로수와 창턱 화분이 줄지어 있는 이 거리는 헨리 제임스(Henry James) 소설의 분위기를 자아내요. 불량배가 없고 노신사들과 노부인들만 거리에 나와 있을 뿐이지만 어쨌든 좋은 곳이에요. 나는 지금 침대에 있어요. 창밖으론 여기저기 첨탑과 흉벽 모양의 굴뚝이 보이네요. 오늘은 일요일이라 들려오는 소리라곤 새(birds) 소리와 버스(buses) 소리, 벨(bells) 소리밖에 없어요. 두운을 맞추려고 그러는 게 아니라 실제로 그게 전부예요. 자기들 방에 있는 마크와 제프의 목소리 외에는 말이죠. 아이들에게도 자기만의 볕 잘 드는 방이 생겨서 좋아요. 바리케이드를 세우기는 했지만 아이들이 우리를 볼 수 있죠.

레이스는 리틀 폴스에 피아노를 가지러 갔어요. 그런 다음엔 피아노를 고쳐야 할 거예요. 그리고 나는 세 달 동안 일할 직장을 얻어야 하는데, 별로 어렵지는 않을 듯해요. 승객의 절반은 영어를 못하지만 나는 스페인어를 할 줄 알고 사장들, 부사장들을 아니까 그레이스 라인 크루즈에 취직할 수 있을 거 같거든요. 그다음엔 레이스가 일자리를 찾아야 하는데 내가 보기엔 어려울 듯싶어요. 레이스는 더 어렵다고 생각하는 것 같고요. 하지만 시간이 좀 걸릴 뿐, 나는 그이가 결국 일자리를 찾을 거라고 확신해요. 일자리와 음악을 생각하면 이리로 온 게 궁극적으론 참 잘한 결정이 될 거예요. 레이스는 여기 피아니스트의 90퍼센트보다는 뛰어나니까요. 나머지 10퍼센트는 (잘하든 못하든) 여기서 일자리를 얻어 연주한다는 것 자체가 신기해요. 빌 에번스, 레드 갈런드(Red Garland), 재키 바이어드(Jaki Byard)는 열외로 하고요. 그들은 모두 **바로 지금** 뉴욕에서 연주하고 있죠. 한데 우리는 돈이 없어서 그들의 연주를 들으러 가진 못해요. 마일스 데이비스도 여기에 와 있어요. 그들이 모두 **바로 여기에** 와 있는데 가보지를 못하니 정말 답답해요.

네, 에드워드, 여기로 온 건 가장 잘한 결정이었어요. 정말이에요. 앨버커키를 떠날 때만 해도, 리틀 폴스에 도착했을 때조차 잘한 결정인 줄 알지도 못했고 믿지도 않았죠. 왜냐하면 여기로 오기 전만 해도 우리는 아직 무언가를 향해, 또는 서로에게, 더 가까이든 더 높이든 더 멀리든 이동해보지 않았으니까요.

사실 한동안은 사정이 더 나빴어요. 이사, 합의, 그런 걸 다 했는데도 나아진 게 없어서 상황은 악화될 대로 악화되었었죠. 우리가 왜 리틀 폴스에 있는 건지 이해할 수 없었고, 여전히 이해하려고도 하지 않았어요. 나는 레이스의 인생에, 또는 그곳 모든 사람들이 가치 있다고 믿는 생활에 속하지 않는다고 느꼈거든요. 하지만 그건 내가 여전히 나 자신 외의 다른 건 생각하지 못했기 때문이었어요. 레이스의 출발점은 그런 생활과 그의 가족, 나무, 호수라는 걸 깨닫기 시작했을 때에야 비로소 나는 그가 이해되기 시작했어요.

나는 여전히 많이 아팠어요. 병든 것처럼 아팠다고요. 자기학대 문제죠. 자기학대는 마약 같아요. 자기학대에서 자살에 이르는 극단적 심리 상태와 그런 상태를 부인하는 행위. 그때는 버디가 그런 상태에 있다는 것을 (솔직히) 몰랐어요. 그건 내가 몹시 싫어하는 모든 것이죠. 뱀이 서로를 집어삼키는 것 같은 자살 행위. 난 내가 파괴하는 것과 집어삼켜지는 것 중 어느 쪽을 더 원하는지 잘 모르겠어요. 하지만 난 내가 얼마나 끔찍한 인간인지 보지 못하다가 내게 그런 면이 있음을 알게 된 거죠. 난 진실이 아닌 건 더 이상 아무것도 말하지 않으려 애쓰고 있어요.

아무튼 난 내가 많이 아팠다는 느낌이 들어요. 그런데 지금은 건강해요. 피곤하지만 내가 건강해져서 기뻐요. 왜, 몸은 피곤하지만 마음은 기쁠 때 있잖아요. 그런 때 느껴지는 행복감이 있어요. 이제는 더 이상 기만적인 행복감, 기만적인 확신이 들지 않아요. 나는 너무 피곤하면서 기쁘거든요. 그리고 네, 다시 말하지만, 이리로 오기로 한 건 옳은 결정이었어요.

산책하고 이야기하고 웃고 싸우고 걱정하고 화내고 우울해지고 흥분하는 게 지금 우리의 일상이에요. 말도 안 되지만 유익해요. 나중에 결과가 어떻든 그건 우리의 합작품이겠죠. 여기에, 뉴욕에, 뭔지 모를 것에 노력을 기울인 결과일 테니까요.

뉴욕. 이곳은 기대 이상이에요. 모든 게 그래요. 우리는 이곳을 샅샅이 돌아다녔어요. **방대**하더군요. 방대함 그 자체예요. 이 모든 사람들이 여기에, 블록마다 정말 살고 있다니. 건물 위로 올라가거나 내려가고 들어가고 나오고. 끝없이 계속되는 건물들, 델리와 신발 가게가 있는 건물들. 그리고 그 안에서 오르락내리락 하는 사람들.

지하철은 정말 신기해요. 땅 위로 올라오면 새로운 세상으로 나온 듯 딴판이라 이전 장소는 더 이상 존재하지 않는 것 같은 기분이거든요. 신기하긴 하지만 나는 그런 기분이 싫어요. 마치 비행기를 탔을 때처럼. 한 장소에서 다른 장소로 이동한다기보다는 그냥 먼젓번 장소를 제거해버리는 것 같으니까요.

하지만 버스를 타는 건 너무 신나요. 수많은 다른 세계와 구역, 공원과 S. 클라인 백화점과 사람들을 지나야 우리 집에 돌아올 수 있거든요. 그런 것들을 더 수없이 많이 보려면 그냥 계속 버스를 탄 채로 가기만 하면 되죠.

헐린. 당신이 제프에게 준 그 멋진 검은색 스웨터 있죠? 매기와 내가 그걸 활용하고 있어요[매기는 허레이쇼에 사는 우리 친구예요(우리 모두가 방 하나를 2주 동안 무탈하게 함께 쓴 적이 있죠). 인자하고 웃기고 다정하고 친절한 여자죠. 힐린, 당신도 매기를 보면 좋아할 거예요]. 우린 아동용 스웨터와 판초를 만드는 가내공업 사업을 시작해보려 해요. 50달러를 빌려서 웨스트체스터의 신문들에 광고를 내고, 사람들이 주문과 함께 10달러를 보내면 우리는 그걸로 2달러어치 모직물을 사다가 주문 상품을 만들어 보내주는 방식이죠. 그 일은 버섯처럼 번성할 거예요. 버섯처럼 번성한다는 말이 좋군요. 리틀 폴스에서 실제로 버섯이 번성하는 걸 본 적도 있어요.

　네, 우린 굿먼 씨에게 다녀왔어요. 집 구하는 문제와 돈 때문에 정신이 없고 불안하고 걱정이 되어서 비트 세대 중 나이 많은 축인 친구들과 말을 좀 해봤는데 정말 우울하더군요. 그들(굿먼 부부)의 집에 들어갔을 때 제프는 미치에게 가서 옆에 기대 싱글거리다가 거의 잠이 들 뻔했어요. 나도 그럴 것 같은 기분이었어요. 집 안이 아주 평온했죠. 우리는 빙 둘러앉아 웃으며 이야기를 나눴어요. 그렇게 앉아 있기만 해도 좋더라고요. 미치는 인자하고 참 따뜻하면서 강인한 사람이더군요. 데니즈는 모든 면에서 기분 좋게 뜻밖이었고요. 내가 상상했던 것보다 더 친절하고, 생각만큼 복잡하지 않고, 같이 있으면서 이야기를 나누기 좋은 사람이에요. 또 상당히 유능하기도 한데, 이건 뜻밖은 아니에요. 다만 자신의 아들을 대하는 태도가 놀랍더군요. 데니즈는 밤에 아들을 혼자 내버려두고 외출하지 않아요. 건물에 불이 날지도 모르기 때문이라면서요. 하지만 그것 말고는 매사에 아주 평온하더라고요. 무언가 강요하는 법도 없었고요. 그게 난 정말 좋아요. 내가 무척 싫어하는 게 있다면 그건 바로 강요거든요!

　나는 지금 창턱에 걸터앉아 있어요. 나무가 보이는군요. 격자 시렁을 타고 올라간 나팔꽃도요.

　마크와 제프는 이곳을 정말 좋아해요. 마크는 단순히 배나 기차 등 수송 기관들 때문에 여기가 좋은 거죠. 실은 나무와 강이 있는 시골을 좋아했었는데 말이에요. 거기서 마크는 정말 행복해했죠. 하지만 뉴욕은 한량 기질이 있는 멋쟁이 제프의 도시예요. 제프는 이곳 전체가 자신을 위해 존재한다는 진지한 생각을 갖고 그 모든 것에 감사하며 점잖게 행동하지 뭐예요. 신호등이나 건물, 비둘기, 소음에 응해 손을 흔들거나 외치기도 하죠. 마치 컨버터블 승용차에 탄 피델 카스트로(Fidel Castro)처럼 말이에요.

　초록색 칠리와 잣을 언급한 당신의 편지는 내게 정말 고문이었어요! 아, 맞아, 요 며칠 전 산책을 했을 때의 얘기를 해야겠네요. 시골에 있을 때는 레이스와 많이 걸은 적이 거의 없어요. 걷는 게 힘들었거든요. 아무튼 요 며칠 전 좁은 길에 있는 냉동식품 공장 앞을 지나가는데 근사한 냄새가 나기에 그 안에 한번 들어가봤어요. 그런데 와아, 어떤 아주머니가 삶아서 튀겨놓은 콩으로 엠파나다를 수없이 많이 만들고 있지 않겠어요! 그래서 조금 사서 먹어봤는데 맛도 근사하더라고요. 그 안에 칠리가 들어 있지 않다는 게 아쉽긴 했지만요.

　뉴욕의 델리와 대형 샌드위치는 정말이지! 이러다간 머리가 돌겠어요. 온 천지에 맛있는 음식이 너무 많아서 말이죠.

마틴슨 델리의 커피는 83센트예요. 우리는 이 커피를 마시며 당신 부부를 생각한답니다.

그리니치빌리지는 정말 기막힌 곳이더군요. 가령 삼베 커튼이 걸려 있는 클로드 카페 같은 곳은 사람들이 길 밖으로 넘쳐나 반지하까지 들어차기도 하더라고요. 그 사람들은 또 어떻고요. 그들은 포니테일이나 아이비리그 스타일의 머리를 하고, 턱없이 큰 올리브색 스웨터를 입은 차림이에요. 젊고 희망에 찬 사람들, 보기 좋아요.

작은 애완견들은 제외하고요. 작은 푸들과 치와와, 대형견 바이마라너는 정말이지 끔찍해요. 애완견들이 길거리에 배설하는 동안 서서 기다리는 사람들의 모습. 그걸 보면 애완견을 소유한 사람일 뿐, 분명 주인은 아닌 거죠. 가엾은 개들, 길거리에서 배설을 해야 한다니 얼마나 모욕적이겠어요.

하인즈. 이 녀석은 우리가 짐을 가지러 리틀 폴스에 돌아가기 전까지 끔찍했어요. 이 녀석은 으레 있는 곳에 있더군요. 낙엽 속에서 바스락거리며 그곳이 정원인 양 제자리를 지키고 있더라고요(이제 가을이에요!). 짖는 듯한 소리로 울며 제 할일을 하는 거였어요. 상인들은 이 녀석을 무서워해요. 레이스의 어머니는 항상 녀석이 좋아하는 관심과 함께 달걀, 스테이크, 닭 간, 고깃국, 스튜, 초콜릿 크림 쿠키, 과자 등의 먹을 것들을 온종일 주죠. 녀석은 살이 쪘고 털에 윤기가 흘러서 아름답고 행복해 보여요.

그 쓸모없는 통이라니! 진작 알았어야 했는데 말이죠. 바비 크릴리가 그건 "대단히 유용"하다고 했는데. 바비 말에 따르면 그 쥐약엔 어떤 화학약품이 들어 있어서 쥐들이 그걸 먹고 쥐구멍으로 들어가 죽어도 냄새가 나지 않는대요.

당신 일이 좋아 보이는군요, 에드워드. 그 일이 좋으세요? 뭘 쓰고 있어요? 산타페의 가을은 정말 환상적이지 않아요?

나는 당신에게 말해줄 만한 일이 일어날 때까지 편지 쓰는 걸 기다리는 편이 좋겠어요. 그렇지 않으면 그저 마냥 주절주절할 테니까요. 당신들이 여기 있으면 좋겠네요. 함께 이곳저곳 거닐고 부두에도 가고 즐기고 이야기하고 웃을 수 있게요.

사랑을 담아,

루시아

P.S.

마크는 손으로 전화 거는 시늉을 하고 상상으로 프레드와 폴과 채니를 불러내 놀더군요. TV는 또 어떻고요! 〈로하이드(Rawhide)〉는 정말 재미있지 않아요? 페이버 씨는 정말 도덕적이고 강인하고 좋은 사람이에요. 마크는 여행을 떠날 때 차 뒤창을 내다보고 다이얼(채널)을 돌리는 시늉을 하며 TV를 보는 척하더라고요.

돈 부부

뉴멕시코주 산타페

카미노 신 농브레 501번지

돈 부부에게,

그 초콜릿 놀라워요! 최고예요. 허시 초콜릿처럼 포장되어 있지만 뜯어보면 멕시코의 푸석푸석한 과자 같고 맛있네요. 우리는 비가 오는 밤에 술을 실컷 마셨어요. 지금 여기엔 비가 와요. 오늘은 그렇지 않지만 보통은 이슬비가 내리다가 폭우가 쏟아지죠. 오늘은 일요일이고, 프레드 애스테어(Fred Astair)의 영화처럼 화창한 날이에요. 나는 마크, 제프와 몇 블록이나 걸었어요(유쾌해요). 비둘기들, 그리고 그릇 안에 들어가 웅크린 고양이. 일요일 아침, 게다가 아직 서머타임이 적용 중인 이 아침 시간에 일어나 있는 이상한 구성의 사람들. 하지만 마크와 제프는 아직 그걸 몰라서 여섯 시에 일어났죠. 레이스는 밤 연주 일을 마치고 일곱 시 반쯤 일요일 조간신문과 치즈 대니시를 사 가지고 집에 왔어요.

아주 근사해요. 우리는 그 모든 흥분감을 안고 느긋이 쉬는 중이에요. 나는 뉴욕이 좋아요. 앨버커키의 쇠퇴와 오래되고 삭은 먼지를 경험한

다음이라 그런지 정말 그래요. 이곳의 탐욕과 호전성마저 신선하게 느껴져요.

경계심만이 나를 성가시게 해요. 돈을 거슬러 받고 잔돈을 확인해야하는 일 말이에요. 모두가 다양한 방법으로 돈을 세죠. 여기 사람들은 다 그래요. 굿먼 부부마저 친구들을 못 믿겠다는 듯 그러거든요. 일단 받아들이든지 설령 자신이 틀렸다 해도 그걸 끝까지 밀고나가든지 하는 편이 훨씬 더 유리해요.

가내공업 사업은 잘되어가고 있어요. 한 주 만에 90달러를 벌었어요(매기와 45달러씩 나눴죠). 여성용 긴 목도리와 판초 주문이 더 들어왔고 남성용 벨벳 실내가운 주문은 50개에 어깨망토 주문까지 있었어요. 누군가로부터 '디자인'이라는 말과 함께 어깨망토를 만들어달라는 주문을 받으니 정말 기분이 좋더라고요

봉제에 걸리는 시간은 아무것도 아니에요. 재료를 사러 다니는 건 재미있고요. 원단 상점과 창고에 가는 게 너무 좋아요. 원단을 고르러 다니는 게 일상의 큰 즐거움이 되었네요. 천과 직물과 색상, 그 모든 게 좋거든요. 아스트리드 씨는 좋게 말하자면 자투리 하나도 낭비하지 않는 분이지만 가격을 두고 불평하거나 입씨름을 하려 들어요. 우리가 자주 가는 원단 소매점(!)은 글래드 래그스라는 곳인데, 여기는 정말 로스앤젤레스풍의 상점이에요. 재즈 분위기가 나죠. 하지만 세련되고 우아한 뉴욕 재즈가 아니라 저속하고 허세 부리는 재즈인 듯한 느낌이에요. 주인은 마티라는 사람이에요. 산타페가 클로드 음식점 주인 마거릿의 수중

에 있다면 그리니치빌리지는 마티가(家) 사람들의 수중에 있다고 할 수 있죠. 정력을 풍자한 그림이 있다면 그런 사람들 얼굴 같을 거예요. "내가 좋아하는 타입이 아니야, 뭔가 천박하잖아"라면서 모헤어 스웨터를 벗어 던지는 멋진 모습을 그리면 딱일 것 같아요. 그래도 그 주인은 괜찮은 사람이에요. 품위랄까 그런 건 별로 없지만 무척 솔직하고요. 그는 우리한테 긴 목도리를 7.50달러에 사서 15달러에 팔아요. 그래도 우리는 5달러를 버니까 모두 만족하죠. 다만 역시 모헤어 스웨터를 입은 그의 젊은 동업자는 그 목도리들이 싸구려고 모든 여자도 싸구려라고 생각해요. 한번은 그가 유럽풍 코듀로이 바지를 진열대에 걸면서 이러더군요. "허리 사이즈 85센티미터짜리 옷을 입을 정도의 남자들에게는 뭔가 좀 천박한 데가 있지 않아요?" 주문 송장에 서명하는 걸 보니까 그의 이름은 'A. 폼페이'더군요.

그를 상대해야 한다는 것 외에는 모든 게 아주 좋아요. 무엇보다 우리가 만드는 상품이 실제로 괜찮고 예쁘거든요. 길을 가다가 쇼윈도에 우리가 만든 게 걸려 있는 걸 보면 얼마나 즐거운지 몰라요.

참, 블라호스를 만났다니 기뻐요. 제 안부 전해주세요. 일은 어때요? 눈이 피곤해도 아주 좋은 일 같아요. 네브래스카 일은 어떻게 됐나요?

맥스 핀스타인이 당신네 주소를 물었어요. 당신의 시 낭독 테이프를 들은 사람이 여기엔 많은 것 같아요. 맥스가 《눈데이(Noonday)》 잡지사에 '연줄'이 있는데 거기서 당신의 시를 싣고 싶다나봐요. 아무튼 맥스가 직접 편지를 쓸 거예요.

다음 주엔 내 에이전트와 점심 약속이 있는데 그날이 안 왔으면 좋겠어요. 점심 약속이 있고 어쩌고 하는 게 나로선 좀 우스운 일이지만, 정말 그래요.

데니즈와 미치의 친구에게선 패션모델이 되는 법을 배우고 있어요. 그들은 내가 패션모델이 될 수 있긴 하지만 실제로 그 일에 뛰어들 거라곤 생각하지 않죠. 모델을 하는 건 진정 콘스탄틴 스타니슬랍스키*의 표현 기법이라 할 수 있어요. 우선 자신이 훌륭하고 자만심이 강하며 오만하고 우아한 암캐 같은 여자라고 믿어야 하죠. 일단 그렇게 느끼고 나면 볼은 입안으로 빨아들여지고 목은 앞으로 내밀어지며, 어깨가 축 처지고 골반은 늘어지고 발끝은 앞을 찌르듯 내딛고 양산은 무언가 신호하듯 들고 있게 돼요. 이 그림처럼 말이에요.

그러면 그들은 "완벽해! 그 자세 그대로 있어"라 말하죠. 이후 반시간 동안 그렇게 있는 거예요.

●   Konstantin Stanislavski(1863~1938). 러시아의 연출가이자 배우, 연극이론가.

당신 부부 모두 편지 좀 써요.

사랑을 담아,

루시아

P.S.

『자메이카의 열풍(A High Wind in Jamaica)』['순수의 항해(The Innocent Voyage)'라는 제목으로도 나온 적 있어요.]이라는 소설 읽어본 적 있어요? 기막힌 작품이에요. 많은 사건들을 동시에 다루면서도 하나 하나 차례로 서술하는 작가의 능력이 타의 추종을 불허하네요. 아이를 둔 부모가 읽기엔 버겁겠어요.

돈 부부

뉴멕시코주 산타페

카미노 신 농브레 501번지

돈 부부에게,

오늘 우리는 산책을 다녀왔어요. 레이스가 없어서 정처 없이 다녔지요. 그냥 어슬렁거리는 것 외엔 할 게 없어요. 그이가 보고 싶어서 비가 오는데도 산책을 나가는 거예요. 오늘은 이스트사이드 남쪽 동네에 갔었어요. 비가 오는 데다 정처 없이 거닐자니 참 서글프고 우울하더군요. 유모차가 푹 젖었어요.

집에 왔을 때는 이미 녹초 상태였어요. 오는 도중에 피곤해서 카페에 들어가 쉬었다 왔는데도 말이죠.

카페에 들어가 앉아 점잖게 기다리고 있으니 나이 지긋한 반백의 남자가 다가오더군요.

"뭘 드릴까요?" 그가 외국 억양으로 물었어요.

"크림 탄 커피. 우유 둘, 아니 우유 하나에 잔을 두 개 주세요. 도넛 같은 것도 있으면 주시고요."

"블루베리 머핀이 있습니다."

"네, 그걸로 주세요. 고마워요."

그 사람은 우리가 주문한 걸 쟁반에 가져와 우유를 따라준 뒤 머핀을 감싼 종이를 벗겨줬어요. 그리고 내가 담배를 꺼내자 불을 붙여주더니 "모두 40센트입니다"라 하더군요. 50센트가 내가 가진 전부였는데 나는 그걸 내밀면서 우물우물 "잔돈은 팁으로 가지세요"라고 했어요.

"고맙습니다."

"고마워요."

그러고 나서 그 사람은 다른 테이블로 가 우산을 집어 들고 중산모를 쓰더니 우리를 향해 고개를 숙이고는 밖으로 나가더라고요. 그러고 보니 거기는 셀프서비스 식당이었지 뭐예요!

꽃가게들은 밀과 오렌지 베리, 노란 국화와 갈색 국화, 적갈색 과꽃을 밖에 내놓고 팔고 있어요. 가게 안에는 봄에 피는 은은한 제비꽃이 있더군요. 그건 히스꽃이라는 건데, 혹시 히스꽃 본 적 있어요?

레이스로부터 편지를 받았어요. 정말 말도 안 되는 편지였죠. 공연이 잘돼가나봐요. 정말 재미있어서 그런 말을 하는 거라면 좋겠어요. 시러큐스 호텔의 페르시안 테라스, 양치류 식물 화분이 있는 무도회장 한복판, 깨진 유리가 있는 둥근 천장 아래에서 그들이 연주하는 네 트롬본의 〈샤인 온, 하베스트 문〉이 매일 밤 방송되죠.

우리 납품처 중 주요 상점의 손님이 우리가 만든 망토가 너무 좋다며 두 개를 더 주문했어요. 굉장해요. 그런데 그 주요 상점에서 받은 수표

두 장이 은행에서 결제되지 못하고 되돌아왔어요. 그 바람에 90달러가 공중에 붕 떠버렸죠. 결국 그 주인은 파산했어요. 마지막 주문은 대금 대신 모피 깃이 달린, 프루스트가 입던 것과 똑같은 양복 한 벌을 받고 끝냈어요.

네브래스카 일과 그 긴 이름을 가진 부인의 일은 상황이 어때요? 어떻게 돌아가고 있는 거죠? 이봐요, 헐린, 긴 편지를 더 보내주면 정말 좋겠어요.

마크는 노상 당신에게 전화 거는 시늉을 하며 놀아요. 당신과 메리 루, 로드, 르로이, 피트, 이렇게 다섯 사람에게요. 나는 그들도 보고 싶어요.

더 할 말이 생각나지 않아요!

사랑을 담아,
루시아

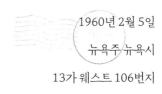
에드워드 돈

뉴멕시코주 산타페

카미노 신 농브레 501번지

헐린에게,

편지를 쓰기 위해 기분이 좋아지길 기다렸지만 결국 달라진 게 없네요. 그래서 그냥 즐거웠던 당신의 생일과 그 새들, 그리고(아이고!) 뉴멕시코에 관한 친절한 편지를 받고 얼마나 좋았는지 말하려고 해요. 이렇게 쓰고 보니 그래도 내 기분이 괜찮아 보이네요.

당신도 진눈깨비 폭풍우가 뭔지 알고 있다니 뜻밖이에요. 그런데 우리가 왜 그런 얘기를 한 적이 없을까요? 나는 프레드의 그림을 아주 좋아해요. 깔끔하고 경쾌한 데다 프레드의 다정함이 담겨 있잖아요. 그 아이가 울기 직전이나 웃기 직전의 얼굴 같아요. 나도 그렇지만 우리 가족 모두는 당신네 아이들을 무척 보고 싶어 해요.

나는 당신에게, 또 당신과 말하고 싶어요. 여기 사정은 별로 안 좋아요. 일이 없어서 우리는 실직 수당을 받아서 살고 있죠. 레이스는 걱정 때문에 신경이 예민해요. 그래서 그나마 내게 남은 작은 힘마저 다 소모

되고 있어요. 이것이 마치 내 마지막 연극, 그러니까 옹졸해지지 않으려고, 죄의식이나 무시받는 느낌 혹은 질투심이나 무능하다는 느낌을 갖지 않으려고 애씀으로써 해내고자 하는 마지막 연극인 양 말이에요. 나는 도대체 왜 평생 이 모양으로 살아온 걸까요. 사랑하는 방식과 사랑에 대해 배우기 시작한 건 불과 몇 달 전인가 몇 주 전인가의 일이었어요. 그런데 갑자기 결혼이란 무엇이고 내가 그것을 얼마나 가벼이 여겼는지, 또 그게 얼마나 어려운지(그리고 얼마나 쉬운지)를 이해하기 시작했어요.

이곳에서는 치사한 일들이 많이 일어나요. 공연과 관련해선 눈 떠도 코 베어 갈 더럽고 흉한 일들이 정말 많지만, 대개는 치사한 일들이죠. 한동안은 그 모든 일이 크릴리를 중심으로 돌아가는가 싶었어요. 모두가 그의 이름을 들먹이며 그에 대한 불만을 쏟아냈어요. 그런데 어느 날 문득 나도 그런 이들 중 하나라는 걸 깨달았어요.

나는 아주 어렸을 때 그랜드캐니언에서 산 적이 있는데 그때 음식점에서 본 웨이트리스가 생각나네요. 그 여자가 커다란 쟁반에 커피잔 여러 개를 담아 가지고 가는데 잔 하나가 떨어져 박살이 났어요. 그런데 그녀는 그냥 천장을 쳐다보더니 에라, 하고는 쟁반을 통째로 바닥에 내동댕이친 뒤 휙 나가버리더라고요.

내가 하는 짓이란 게 늘 딱 그 짝이에요. 크릴리가 없는 데서 뭐라고 뒷말하는 게 미안해서 나는 그에게 직접 말해야겠다고 생각했어요. 그리고 결국은 내가 생각해낼 수 있는 모든 끔찍한 말이 담긴 흉한 편지를 썼죠. 알다시피 그 말들은 나 자신도 뒷받침할 수 없는 것들이었어요. 그에게 깊은 상처를 주었음은 물론 그와 나 자신에게도 역겨운 짓을 한 거죠. 나는 그 일로 또 다른 무언가를 배운 것 같아요. 크릴리에 관해 그 모든 생각을 했어도 그가 어떤 사람인가 하는 것과는, 또한 나로 하여금 그를 존경하고 사랑하게 만든 그의 고상한 측면들과는 아무런 상관이 없는 것들이었죠. 나는 남자는 행위가 전부라고 생각하면서도 한편으론 그렇지 않다고 생각하려고 노력해요. 어떤 면에선 한 사람의 여러 행위들 중 어떤 것이 그 사람의 진정한 모습인지가 핵심이죠. 빌어먹을! 앞으론 절대 취한 정신으로 편지 쓰지 않겠다고 맹세할게요. 하지만 주로 그런 생각이 자꾸만 맴도네요.

오늘은 날이 훈훈했어요. 아침은 굿먼 씨 가족과 함께 지냈죠. 매우 즐거운 시간이었어요. 왠지 우리는 개인적인 이야기를 많이 하는데, 그럴 땐 솔직한 자세나 개인적인 감정을 유지하기가 불가능해요. 어제는 아주 근사한 날이었는데, 우리는 누구나 많은 걸 보고 듣고 이해할 수 있음을 깨달은 시간이었기에 흐뭇하고 기뻤어요.

블루폰이라는 중고 서점에서 많은 시간을 보냈어요. 거기서 『퍼플 랜드(The Purple Land)』를 발견하고 그 작가의 자서전을 찾으려 두리번거리는데 주인이 "연한 파란색 표지예요. 바닥이 찢어진 책이죠"라 하더라고요. 그 사람은 눈이 거의 보이지 않는 것 같은데 거기 있는 책들의 표지를 전부 알고 있더군요. 나한데 그 책을 사라고 강요하는 통에 그 사실을 알게 되었죠. 그의 이름은 거니고, 러시아 문학 번역가예요. "사람들이 나를 다시 재발견하기 시작했죠." 나보코프*가 그를 가리켜 러시아의 유일한 번역가라고 말하는 이유를 이제 알겠더라고요. 거니는 천박한 사람이기 때문이죠. 교양이 없고요. 카라마조프가의 아버지 같아요. 그렇게나 융통성 없는 사람은 아마 또 없을 거예요. 스페인어를 전혀 모르는 상태에서 로르카(Lorca)**의 작품을 번역했다며 자랑하더군요. 인상적이었어요. 그가 바로 번역가에 대해 우리가 논했던 바를 보여주는 좋은 예라고 생각하니 유쾌해요. 그는 문자에 얽매인 번역은 물론 아주 잘하겠지만, 문자 뒤에 담긴 '정신'까지 옮기려는 시도는 하지 않더군요. 그가 번역하는『종교재판소장』은 훨씬 더 퉁명스럽고 '러시아' 식의 느낌을 전달하지만 아름답진 않아요.

그래도 그는 좋은 대화 상대예요. 우쭐대고 독단적인 그가 발로 바닥을 탕탕 치는 걸 보면 우스꽝스럽죠. 내가 또 사람의 행위에 대한 얘기를 끄집어내고 있네요. 그는 책을 읽는 게 무척 좋대요. 러시아어와 자기가 번역하는 책들이 너무 좋다더군요. 자기가 파는 책들도…. "허드슨 작가를 좋아하신다면 이 책도 마음에 드실 겁니다. 이걸 사세요…. 아니지, 내가 뭐라는 거야, 바보처럼!" 그러고는 실제로 슬프고 걱정하는 얼굴이 되더라고요.

동봉한 시들은 물론 번역한 거예요. 소설에 대해 말하자면 당신에게 (일단 아흔 번 개고하고) 보낸 부분의 선매권에 대한 계약금을 받았어요.

---

*   Vladimir Nabokov(1899~1977). 러시아 출신의 미국 소설가이자 시인, 비평가.
**   Federico García Lorca(1898~1936). 스페인의 시인.

출판사 사람들도 그걸 읽긴 했지만 '공식적'으로 내가 제출한 원고는 아니에요. 아직 이 지긋지긋한 걸 끝내지 못했거든요. 난 이게 싫어요. 아마 영원히 끝내지 못할지도 모르겠어요. 그렇지만 어쨌든 출판사에선 그 소설을 좋아하고 사겠대요. 이걸 끝내고 어느 정도 완성된 개요와 충분한 분량의 소설을 제출하면 선불금을 더 받을 수 있는데 나는 왜 그러지 못할까요? 출판사와 내 에이전트는 함께 점심 식사를 하며 그 얘기를 하자고 나한테 계속 편지를 보내요. 그들은 바람 부는 장면에서 말을 탄 탭 헌터(Tab Hunter) 주연의 시네마스코프를 찍을 수 있다며 영화 저작권 등등에 관해 얘기하자는군요. 그런데 나는 다시 처음으로 돌아가 다시 쓰고 있어요. 돈이고 뭐고 더 이상 그들에게 원고를 보내고 싶지 않아요. 이 시점에서 원고를 보낸다는 건 순전히 돈만 보고 그러는 것이기 때문이죠.

아무튼 나는 처음부터 다시 시작했고, 거의 모든 페이지에 내용을 보태고 있어요. 그나마 다행인 건 지금까지 쓴 글의 대부분을 나도 좋아한다는 거예요. 그런데 슬픈 일은 예전엔 내 이 빌어먹을 마음이 큰 기쁨으로 가득해서 내 이야기 속 등장인물들에 대한 마음도 말랑말랑했고, 그때문에 다음 단락에서 그들을 어떻게 그릴지, 어떤 웃기거나 아름다운 일을 앞에 두고 그들이 어떤 생각을 갖게 할지에 대해 세심히 배려하며 집필했다는 사실이에요. 그런데 지금은 내 마음 상태가 그렇질 않은데 처음부터 다시 이 소설을 이끌어가자니 그럴 수가 없어서 슬픈 거라고요. 너무 오랫동안 나 자신을 바라봐온 터라 주위에 시선을 돌리려 해도 전에 말했듯 그들의 눈을 똑바로 쳐다보는 게 너무나 힘드네요.

〈천국의 아이들(Children of Paradise)〉*이라는 영화를 봤어요. 혹시 이 영화 본 적 있어요?

사랑을 담아,

루시아

---

*　프랑스의 영화감독 마르셀 카르네의 1945년작.

1960년 2월 6일

뉴욕주 뉴욕시

13가 웨스트 106번지

돈 부부

뉴멕시코주 산타페

카미노 신 농브레 501번지

에드워드에게,

지난 몇 주 동안 나는 아주 많은 편지를 썼어요. 그중 어떤 것들은 유 감스럽게도 부치고 말았죠. 당신의 시를 받아서 기뻤다는 얘기를 그 편 지들에서 했는지 기억이 안 나네요. 우리는 둘 다 그 시를 무척 좋아했어 요. 섬세하게 확고한 시, 아름다운 시예요.

사랑을 담아,

루시아

(나흘 뒤)

에드워드에게,

당신과 얘기하고 싶어 미치겠어요. 생생하고 명료하게 그 모습을 떠 올리며 당신을 생각하고 있어요.

솔직함과 그 모든 재즈. 나는 지금 경박하게 굴고 싶은데 어떻게 하면 그럴 수 있을까요. 이봐요, 무슨 일이 있었는지 말해줄게요. 리틀 브라운 (Little, Brown) 출판사와 계약을 했어요. 내 소설의 제1선매권 계약금으로 250달러를 준다더군요. 그들은 내 단편소설만 다섯 편 읽었을 뿐 소설은 아직 읽지도 않았는데 말이에요. 일단 250달러를 지불하고 소설을 읽은 다음 출판 여부를 결정하겠대요(그럴 경우 나는 1,000달러 또는 그 이상을 받게 될 거예요). 만일 그들이 내 완성 원고를 읽은 뒤 출판하지 않겠다고 결정하더라도 계약금의 절반인 125달러는 내가 가지는 조건이고요.

참 비참한 기분이에요. 이토록 두렵고 불행한 기분은 처음 느껴봐요. 왜 그런지 아마 아시겠죠? 한 가지 이유는 그 모든 일이 주는 중상주의적인 느낌이에요. 내 단편소설들에 대한 거래는 그렇다 쳐도 소설의 경우엔 그들이 아직 읽어보지도 않았는데 돈을 지불하니 기분이 좀 안 좋아요. 내가 그걸 쓰기도 전에 말이에요. 다른 한 가지 이유는 이제 집필에 전념해야 하는데 겁이 난다는 거예요. 내가 지금까지 쓴 걸 다시 읽어보면 다른 사람들이 좋아할까 싫어할까 의식하며 읽게 돼요. 한편 개선하고자 하는 측면에서 읽으면 그럴수록 내가 쓴 글을 싫어하게 되고요.

이건 내가 무척 갈망해왔던 거예요. 작가가 되었다는 일종의 영수증이랄까 승인이랄까, 어떤 정당성을 획득할 기회, "나는 작가다"라고 자신 있게 말할 수 있는 날 말이에요. 그럼에도 너무 창피해요. 글을 어떻게 쓰는지도 까먹었고요. 그뿐만이 아니에요. 마치 내가 변명하듯 작가라고 우겨왔던 것 같은 기분까지 드는 거 있죠. 그런데 지금은 그런 노릇에 마음이 끌리고 말이에요. 에드워드, 작가로서 헌신할 수 있는 일종의 면허는 내게 영광스러운 일이란 걸 당신은 알까요? 내 말을 오해하지 말아주세요. 이게 내가 앞으로 온 힘을 다해 죽 해나갈 일이란 사실을 스스로 인정하지 않을 수 없다는 걸요.

내 말에 일관성이 전혀 없네요. 난 도의적으로 그렇게 심한 타격을 받아본 적이 없어요. 언젠가 편지에 썼듯이 난 내가 아마추어가 아닌 어엿한 작가라고 믿기 때문이죠. 심지어 난 내가 좋은 작가라고 믿어요. 하지만 내가 내 글에 자부심이 없다는 사실은 중요하지 않았어요. 중요한 건 글을 쓴다는 것 자체였죠. 그런데 이제 무언가가 나에게서 요구되고 있어요. 그리고 나는 나 자신에게 무언가를, 즉 글을 요구해야 하죠.

오, 에드워드, 이 상황이 나에게 얼마나 근사하고 동시에 얼마나 겁나는 일인지 이해할 수 있겠어요? 나는 너무 허영심이 강한 나머지 한 명의 예술가로서, 작가로서 글을 써야 한다는 믿음이 없었어요. 그런데 이제 누군가 나에게 와서 자, 당신은 작가요, 하니까 나는 그 '믿음'을 가지고 처음부터 시작해야만 해요. 시작이란 걸 해야 한다고요. 아, 빌어먹을, 정말이지 당신네 부부가 여기 있으면 좋겠어요. 레이스는 또 시러큐스로 가는 중이에요. 이틀 동안은 전화도 못하게 됐죠. 굿먼 부부는 나를 좋아하지 않아요. 매기는 $만 생각하고 나의 이런 행동은 그냥 말도 안 되는 거라고 여길 뿐 아니라 무슨 일이 벌어지고 있는지 이해하려고도 하지 않아요. 당신은 나를 이해해주었으면 해요.

에드워드, 내가 무엇 때문에 창피한지 이해하죠? 그건 나한테 너무 쉬웠다는 거예요. 나에겐 모든 게 항상 쉬워요. 나의 내면은 그렇지 않은데, 내가 원하는 건 뭐든 쉬운 것들이죠. 내가 그것들을 어렵게 취급했을 수도 있었음을 알기 때문에 창피한 거예요. 나는 작가가 될 수도 있었겠지만 내가 느낀 것보다는 내가 본 것들, 그리고 그것들을 어떻게 표현할지에 대해 더 신경 쓰는 게 너무 힘들었을 거예요. 나는 내가 속임수를 쓰고 있지 않다고 느끼기 위해, 안락을 정당화하기 위해 지금 이것을 해야 해요.

내 말이 앞뒤가 맞나요?

이제 보니 편지를 여덟 장이나 썼군요. 나는 내게 필요하다고 생각한 입증과 찬사가 효력이 없다는 말을 하려던 거였는데 공연히 이렇게 길게 써버렸네요. 난 아직도 자랑스럽지 않아요. 아직 겸손하지도 않고요. 사람은 자부심과 겸손을 지녀야 하는데, 나한테 없는 게 바로 그런 것들이에요.

답장 주세요.

사랑을 담아,
루시아

1960년

뉴욕주 뉴욕시

13가 웨스트 106번지

돈 부부

뉴멕시코주 산타페

카미노 신 농브레 501번지

헐린에게,

당신의 아름다운 편지, 그 '빌어먹을 설교' 고마워요. 저번에 조증 환자처럼 미친 듯 편지를 쓴 뒤로 나는, 아니 우리는 '깨끗이' 지냈어요. 아마 그런 일은 앞으로 두 번 다시 없을 거예요. 상황만 복잡하게 만들 테니까요. 만일 또 들썩거리면 당신의 편지를 읽을게요. 어쨌거나 그럴 거예요. 매우 좋은 편지였으니까요.

후유, 결혼과 사랑은 나한테는 '어려운' 것이고 '일'이에요. 우리가 이곳에 오고 나서야 나는 사랑에 대해 배웠다고 할 수 있었는데, 그때 난 생전 처음으로 사랑을 일처럼 하지 않고 있었어요. 내겐 사랑이 늘 해야 할 일 같은 거였거든요. '의무'는 아니지만 행위와 관련된 것, 부모님에게 보이는 것, 그분들이 내게 원하는 일을 하는 것, 어떤 역할을 해내는 것이었죠. 부모님이나 다른 사람들과 관련해서도, 또 폴과의 관계에서도 주로 그랬어요. 사랑을 달리 알지 못했던 거죠. 사랑, 타인의 행복에 대한 관심을 (무엇이든) 특정한 것, 특히 나는 뭘 하든 실패하리라는 두려움과 연결 짓지 않는 건 무척 어려워요.

하지만 그런 일은 이제 드물죠. 미안해요, 내가 이런 기분일 때 편지를 써서. 이건 죄를 짓는 거죠. 오래전 내가 이기심과 죄의식을 언급했을 때 의미했던 게 그거였어요. 어떻게 하면 스스로에게 뭔가 강요하길 멈추고 나 자신에게서 벗어나 자유로워질 수 있을까 하는 것 말이에요. 그거 알아요, 헐린? 나는 평생, 얼마 전까지만 해도 이랬던 적이 없었어요. 다른 사람이 나와의 관계에서 이 지경에 이르게까지 한 적이 없었다고요. 내가 누려온, 또 레이스가 누려온 행복을 당신이라면 이해할 수 있을까요? 그럼에도 그건 여전히 받아들이기가, 동의하기가 '어렵다'는 것을요.

네, 가슴에 십자가를 긋고 맹세할게요. 이건 진짜 마지막으로 말하는 내 문제라는 걸요.

우리는 지금 웃고 있어요. 빚을 지고 무일푼이고 병약한데 밖에는 비가 내리고, 또 내리고, 우리는 흐리멍덩한 얼굴로 멕시코산 코코아를 마시면서 라디오를 듣고 있어요. 레이스의 삼중주단은 퀸스에서 일자리를 얻었어요. 잘하는 색소폰 주자도 합세하는 재즈 공연이라서 안심이에요. 기쁘기도 하고요. 우리는 90번째 협정을 맺었어요. 침울해지지 말자는 걸 잊지 않기로 했죠.

모든 건 상대적이고 우스꽝스러워요. 가령 우리 아파트에는 크고 살찐 생쥐들이 살고 있는데, 사람을 깔보는 그 날렵한 놈들은 얼마나 팔자가 좋은지 몰라요.

내 현기증 나는 머릿속을 맴돌던 또 다른 '크고 살찐' 압박 요인을 제거했어요. 드디어 리틀 브라운 출판사의 관계자와 만난 거예요. 실제로 "저는 피터라고 합니다"라는 사람과 볼케닝을 만났어요.

혹시 내가 최근 들어 볼케닝에 대해 말한 게 있다면 그냥 잊어버려요. 그는 문학 작품 저작권 대리인이라고 했지만 사실 난 그게 뭘 하는 직업인지 잘 몰랐어요. 그런데 알고 보니 뚜쟁이나 마찬가지더군요.

아무튼 우리는 일종의 문학 관련 오찬을 가졌어요. 이쪽 일을 잘 모르는 사람들에게 그건 앨곤퀸 호텔에서 독한 술 여섯 잔과 함께 먹는 점심 식사를 의미하죠.

볼케닝은 버번 여덟 잔을 마시고 계속 퍼질러 앉아 나는 아무 말도 못 하게 하고선 "저는 피터라고 합니다"에게 내가 쓰려는 소설에 대해 얘기하더군요. 아, 정말 말하기조차 힘들어요, 얼마나 터무니없었는지. 이것만 말해줄게요. 내가 소변을 보러 화장실에 다녀온 사이에 50페이지를 더 써주는 대가로 500달러를 선인세로 받는 거래를 진행하고 있더라고요. 볼케닝이 화장실에 갔을 때 나는 피터에게 그런 계약은 받아들이지 않겠다고 했어요. 내 그 지긋지긋한 소설이 싫으니 처음부터 다시 시작하겠다고, 출판사에서 좋다고 하면 좋고 아니라고 해도 괜찮다고 말이죠. 사실 그는 무척 상냥하고 멍청하고 점잖은 사람이었는데, 나의 '은근한 겸양'(그는 말하는 게 그런 식이에요. 그리고 당신에게 분명히 말해두지만 그는 또 내가 "은 같은 산문"을 쓴다고 했어요)이 인상적이라며 눈 딱 감고 100페이지만 더 써서 보내주면 안 되겠냐 하더군요. 글쎄. 왜 500킬로그램이나 500센티미터라고 하지 않았을까요? 멋진 글을 500킬로그램어치 쓰면 되잖아요. 맙소사, 그들은 그래도 즉석에서 돈을 내고 살 태세였어요.

그래서 상당히 불쾌한 상황이 되었죠. 볼케닝은 $ 문제에 대해 내가 책을 어떻게 해야 할지 모른다고 했다고, 또 모든 이야기가 나와 편집자 사이에서 일대일로 오갔다고 화를 냈어요(그 빌어먹을 피터라는 작자는 내가 쓴 걸 세 번 읽었대요. 대단히 수고한 거죠. 그리고 내 소설의 많은 부분을 진심으로 좋아하긴 했지만, 볼케닝이 자리를 비웠을 때 그는 사실 내 소설이 졸작이란 걸 인정했어요. 하지만 볼케닝을 잃을 위험을 감수할 순 없었던 거고요).

그건 그렇고, 피터는 콜로라도의 한 농장에서 자라났어요. 우유부단한 이상주의자 지망생이죠. 헤어질 때 로비에서 그는 내가 내 글만큼이나 아름답다나 어떻다나 하며 중얼거렸어요. 그걸 들은 볼케닝이 이렇게 투덜대듯 말하더군요. "그래, 그걸 자기가 손에 넣었잖아."

그를 발로 걷어차 로비의 야자수 화분에 처박고 싶은 마음과 가장 가까운 행동은 꺼지라고 말하는 것뿐이었고, 나는 가뿐하게 그 말을 했죠. 그랬더니 볼케닝이나 피터에게 더 이상 부채감을 느끼지 않게 되었어요. 나는 그의 사무실로 가서 노인과 사과에 관한 원고를 돌려받았죠. 나는 그 이야기가 무척 좋아요. 나머지는 그냥 종잇장들이죠. 볼케닝이 그걸 갖고 뚜쟁이 짓을 하든 뭘 하든 상관없어요.

그러고 나니 기분이 최고예요. 이제 평생 글은 한 자도 안 쓸지 모르겠어요. 뭐, 쓸지도 모르겠지만, 그렇더라도 그게 괴로운 일이 되진 않을 거예요.

토머스 하디(Thomas Hardy)의 소설을 읽고 있어요. 그는 고상한 사람 같아요. 그리고 그의 공간감이란! 하디 소설 좋지 않아요?

레이스는 선(禪)에 관한 책을 읽으며 중국어를 배우고 있어요. 나는 그가 이러는 게 허식이 아니란 걸 알아요. 서양 사람인데도 그게 허식으로 보이지 않는 사람은 레이스가 유일할 거예요.

우리는 굿먼 부부와 알게 됐어요. 그들이 여기 뉴욕시에 있다는 사실, 또 맥스 같은 좋은 사람을 알게 되었다는 게 기뻐요. 맥스와 레나가 오늘 오후에 여기 왔었는데 정말 정신이 없었어요. 레나는 예쁘고 어린아이 들에게 끈질긴 모성애를 드러내죠(어린아이들과 함께 있을 때는 안 그렇지 만요). 완전 짜증나요. 하지만 말이 별로 없고 대체로 상냥해요.

데니즈는 좋은 사람이에요. 무언가에 사람들을 흥분시키기를 잘해 요. 다시 말해 이 사람 저 사람에게 전화를 걸고는 자기가 보고 좋았던 전시회의 그림을 가서 봐라 하는 식인데, 좋은 성격적 특성이죠.

전에는 몰랐거나 좋아하지 않았던 책들을 나는 요즘 많이 읽었어 요. 전부터 알고 있었지만 전혀 좋아하지 않는 버지니아 울프(Virginia Woolf)는 빼고요.

자연사박물관에 갔다가 호랑이 진열창 앞에서 사냥모자를 쓴 피터 올로브스키*를 봤어요. 닉을 데려갔다가 잃어버렸는데 겁이 나더군요. 걔를 찾아 코끼리나 고릴라가 있는 곳에 갔을 땐 무서웠지만 재미있기도 했어요. 제프는 완전히 질겁했지만 마크는 닉이 일부러 그런다는 걸 알고 질겁하긴커녕 성을 내기까지 하더라고요. 우리는 박물관에 진열된 새들도 좋아했어요.

뉴욕에는 이제 감각을 느끼게 하는 입체영화관이 있어요. 영화관 좌석에 무슨 장치가 설치되어 있어서 화면에 비치는 것과 관련된 감각이 전달돼요. 그래서 관객은 공격이나 반격을 하는 시늉을 하기도 하죠.

거니는 정말 재미있는 사람이에요. 내가 굿먼 부부와 함께 가지 않으면 날 알아보지도 못해요. 우리 중 누가 누구인지는 전체 윤곽으로 식별할 뿐이죠. 그렇지 않을 경우엔 맨날 똑같은 말만 하고요. 그는 혼자서 고지식한 진짜 반항아예요. 난 거니가 좋아요.

오늘은 일요일이고, 우린 애빙던 스퀘어에 갈 생각이에요. 그래야 레이스뿐 아니라 아래층 여자도 잠을 잘 수 있을 테니까요. 아래층 여자는 외국인인데, "애들이 일요일에만 계속 뛰어다녀요"라는 내용임을 감안하면 상당히 예의 바르게 말하더군요.

편지 고마워요, 헐린. 답장 써요, 두 사람 다. 거긴 봄이죠?

사랑을 담아,
루시아

• Peter Orlovsky(1933~2010). 미국의 시인이자 배우. 앨런 긴즈버그의 파트너였다.

P. S.

개똥지빠귀라니! 있을 수 없는 일 같아요.

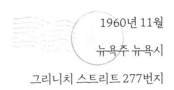

1960년 11월
뉴욕주 뉴욕시
그리니치 스트리트 277번지

돈 부부
아이다호주 포카텔로

에드워드에게,

"나 참, 당신은 이 모든 것에 너무 아랑곳하지 않는군요."

완전히 틀렸어요. 내 잘못이에요. 내 마음을 활짝 연 죄죠.

나는 빌어먹게 많은 일이 걱정돼요. 소설 쓰는 것도 그중 하나고요. 맞아요, 그건 헌신의 문제죠. 내가 고민하는 지점이자 '죄의식'을 느끼는 부분이기도 해요. 무언가(집필이든 사랑이든 신이든)에 헌신하지 못하는 데서 오는 죄의식 말이에요. 나는 사람들이 도와줄 거란 희망을 계속 갖고 있어요.

리틀 브라운 출판사 같은 무언가가 도움을 주리라는 희망을요. 도움은 그런 데서 오지 않음을 깨달았다는 점에서 도움이 되긴 했죠. 난 그저 내가 말하려는 요점이 무엇인지 당신은 알 거라고 추측했어요. 돈과 예술에 관한 편지로 불평하려던 게 아니란 걸요.

자, 그럼 당신이 내 말을 바꿔서 "모든 일을 그토록 쉽게 하는 당신"이라며 빈정거린 것에 대한 얘기를 해볼까요? 난 그렇게 말하지 않았어요. 나에게는, 나로서는, 일이 쉽게 일어난다고 했죠. 난 만사가 어려웠으면, 그래서 헌신을 요구받는다면 좋겠어요. 내가 쓴 걸 읽어보지도 않았고 어쩌면 앞으로도 읽지 않을 누군가로부터 돈을 받는다는 건 내게 아무런 도움이 되지 않는다고요.

「엘 팀」에 대해 쓴 당신의 편지는 지금까지 있었던 가장 큰 도움이자 요구였어요. "당신은 너무 아랑곳하지 않는군요"라고요? 내가 순진했어요. 당신이 어떻게 나를 친구라고 할 수 있는지 모르겠네요.

조심성과 겸손은 전혀 같은 말이 아니에요. 난 조심성을 원하지 않아요. 좋아하지도 않고요. 겸손은 다른 무언가에 대한 존중을 의미하죠.

얼마 전은 내 생일이었어요. 어쩌면 이제야 성인이 된 건지도 모르겠네요. 그날 내 저작권 대리인의 편지를 받았어요. 나를 후리려고 온정을 베풀 듯 접근했던 그 개자식 있잖아요. 소설을 쓰고 그들이 그것을 읽기 전까진 계약서에 서명하고 싶지 않다는 내 편지에 대한 답장이었는데 이젠 이렇게 말하더군요. "쓸데없는 말 그만하고 그냥 서명해요. 표지에 당신 얼굴 사진을 박으면 100만 부는 팔릴 테니까."

나에게는 온갖 일들이 자연스럽게 생기죠. 그리고 우리 어머니가 보낸 편지도 왔어요. 내 생일은 잊었으면서 내가 부모의 기대를 저버린 사람이라는 건 잊지 않고 상기시켜주더군요. 난 어머니에게 꺼지라고 했어요. 물론 편지로, 그리고 마음속으로요. 나도 죄의식에 아주 지쳐버렸어요. 어머니 편지에는 형식적인 묵살의 내용이 담겨 있었어요. 그분들에게 있어 나는 '걱정과 비탄을 할 가치가 없는' 사람이라는 내용 말이에요. 그래요, 그런 걱정과 비탄을 하시지 않게 하려던 내 노력은 아무 가치도 없었던 거죠.

망할, 슬프군요. 40달러를 소매치기당한 그날도 슬펐는데.

레이스는 첫 주가 지나서부터는 편지를 안 썼어요. 할 말이 아무것도 없었던 거죠. 주말은 자기 부모님 집에 가서 보냈대요. 어느 날 밤, 몹시 추웠던 뉴욕의 밤, 나는 절망감에 사로잡혔어요. 슬픔에 잠겼죠. 이 편지를 쓰고 있는 지금은 슬프기만 할 뿐이지만 그때는 자기연민, 그 추악한 감정이 겹쳐서 들었어요. 그런 중에 전화가 왔는데 버디더군요. 내 주위를 맴돌며 내 영혼을 채 가려는 듯한 그에게 두려움을 느꼈을지 모르지만, 어쨌든 그는 거기에 있었고, 내 머리를 어루만져주는 느낌이 들었어요. 그의 목소리를 들으니 반가웠어요.

책상을 샀어요. 그걸 가지러 6층에 올라갔었죠. 한 가족이 모든 걸 두고 없어진 지저분한 집이었어요. 메리 로즈 살리바의 장난감, 땅콩버터 샌드위치와 우유잔도 있더군요. 집에 가져와서 보니 책상 서랍에 메리 로즈의 공책이 스물다섯 권 들어 있었어요. 초등 2학년을 시작할 때부터 끝날 때까지 쓴 거더라고요. 산수 공책을 보니 공부를 잘했네요. 공책들의 내용은 주로 교리문답에 관한 거였어요. 수녀가 메리 로즈의 마음속에 심어둔 그 모든 헛소리가 담겨 있긴 하지만, 받아쓰기한 걸 하나 보내줄게요. 대부분은 다 그런 내용이에요. 수다 같은 말들. 미친 신비주의자인 수녀. 가엾은 메리 로즈. 에드워드, 난 그 아이가 신경 쓰여요. 학생을 가르치는 일도, 아이들도 그렇고요.

우리가 떠난 뒤 피트가 우리 집으로 이사했어요. 아이들은 고미다락 방에서 지내죠. 피트가 타협 없이 이긴 걸 보면 정말 말도 안 돼요.

사랑을 담아,

루시아

돈 부부

아이다호주 포카텔로

돈 부부와 핀스타인 부부에게,

핀스타인 씨, 서부 지방에 가서 어떻게 지내는지 궁금해요. 레나, 우리
가 말한 대로 그곳은 찬란한가요?

붉게 물드는 파란 하늘이 있는 고향이 그리워요. 여긴 끝없이 비가 내
리고 안개까지 끼어 있죠. 이런 날 연락선을 타면 굉장히 흔들려요. 연락
선의 안개 경고 경적이 들려오고 아파트 덧창이 덜덜거리는 밤에는 그
분위기가 완전 끝내주죠. 새벽 한 시 반이 지났는데 그런 소리를 제외하
고 들리는 거라곤 말이 끄는 과일 운반 마차 소리가 전부예요. 삐거덕삐
거덕 따가닥따가닥 철버덕철버덕. 우와, 니콜라이 고골(Nikolai Gogol)
의 소설 속에 들어와 있는 기분이에요.

레이스는 지난 2주 동안 카이 와인딩(트롬본 주자)과 순회공연을 다녔
어요. 멋진 공연이래요! 그이한테서 어제 전화가 왔는데 아주 기분이 좋
은 듯했어요. 매일 (하루 종일) 연주를 하고 밤에는 톨레도부터 캠프 러
준에 이르는 모든 곳에서 공연을 한대요. 디트로이트 재즈 페스티벌 같

은 좋은 행사에도 나가고요. 레이스의 밴드는 다소 흥분해서 무섭지만 레이스는 지미네퍼(맥스 & 레나―당신도 우리 집에서 그를 만난 적이 있죠)가 연주하는 (아름다운) 방식을 좋아해요. 또 자기 방식대로 연주할 수 있는 기회를 아주 마음에 들어하죠. $을 벌게 된 것도 반가운 일이고요. 레이스는 월말이 지나야 돌아올 거예요. 후유, 여기 있는 우리는 비도 오고 기타 등등 때문에 외로워요. 내일은 애들을 데리고 호수가 있는 뉴욕 북부에 가려 해요. 모 숙모님 댁에 가는 거죠. 배도 탈 수 있고 풀밭도 있으니 아주 좋을 거예요.

헐린, 소식 들어서 정말 반가웠어요. 프레드와 채니, 폴에 대해서도 이야기해줘요.

나는 전할 이야기가 아무것도 없네요! 늘 빨래만 하고 있는 것 같아요. 핀스타인 씨, 우와! 당신 가족이 떠난 뒤 얼마나 슬펐는지, 또 집은 얼마나 적막했는지 알아요? 우리는 서부 여행에 밧줄과 자물쇠를 써야겠어요.

돈 부부에게 물을게요. 내 단편 「엘 팀」 기억해요? 그걸 다시 썼는데, 이젠 더 이상 '해피' 엔딩 또는 그런 사례 연구가 아니에요. 잡지사들은 (100군데 정도에 연락했지만) 가톨릭 '문제'로 위험하다고 하더군요. 작중의 수녀가 육감적이라는 이유 때문에 말이죠. 그런데 지난주엔 한 가톨릭 잡지가 이 단편을 150달러에 샀어요. 이번엔 '창작과 관련된' 번민이나 공포가 없었어요. 말하자면 나도 이제 지친 거죠.

마크가 오늘 그러더군요. 내 눈동자에 온통 빨간 금이 갔다고요.

핀스타인 씨, 거기서 주거지를 찾길 바랄게요. 빌어먹을, 우리도 거기 갔더라면 좋았을 텐데 말이에요. 뜨거운 물이 쫄쫄 흐르는 걸 보고 있자니 뉴멕시코의 비와 구름이 생각나요. 돈 씨, 당신들 작년에 앨러미다에 갔을 때 폭풍 만났던 거 기억하죠?(!)

불가사의한 일이 하나 있어요. 아래층 정육점의 푸주한들은 어떤 때는 (굉장히) 늦게까지 일해요. 그리고 위층으로 올라와 샤워를 하더라고요. 그들은 육중한 검은 장화를 신고 있고 독일어를 써요. 늦은 밤에 층계를 거슬러 올라오는 그들의 말소리는 무척 흉해요. 전쟁 영화를 (어렸을 때) 보며 느꼈던 간접적 공포감이 생각나요.

마크와 제프 방에 그네를 설치해줬어요. 좋군요. 고양이가 더 흥분해서 돌아다녀요.

모두에게 사랑을 보내며,
루시아

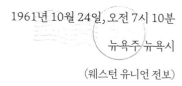

1961년 10월 24일, 오전 7시 10분

뉴욕주 뉴욕시

(웨스턴 유니언 전보)

에드워드 돈 교수

아이다호 주립대학교 영문학과

아이다호주 포카텔로

루시아가 애들을 데리고 간밤에 버디 벌린과 떠남. 아무런 예고나 조짐도 없었음. 루시아는 비이성적임. 어디 갔는지 필사적으로 찾는 중임. 나는 앨버커키의 어니 존스 집에 가 있을 것임. 주소는 415 샌로렌조 NW 전화 DI46196.

레이스

1961년 12월 28일

뉴멕시코주 앨버커키

이디스 스트리트

돈 부부

아이다호주 포카텔로

바턴 로드

돈 부부에게,

산이 눈에 덮여 있어요. 날씨가 맑고 훈훈해서 문과 창문을 모두 열어 놓았어요. 마크와 제프, 고양이들은 헛간 지붕 위에 올라가 영화〈보 제스트(Beau Geste)〉에서처럼 총을 쏘고 있어요. 웅크린 고양이들을 영화에 나왔던, 살아 있는 것처럼 보이려 기대놓은 죽은 병사들인 것으로 가장하는 거죠.

모든 게 해결됐고, 더 이상 극복하지 못할 일은 없어 보여요. 네! 몇 주 전만 해도 안 그랬죠. 아뇨, 나는 레이스를 전혀 모르겠어요. 내가 레이스나 굿먼 부부의 기분을 거의 이해하지 못한다고 생각하니 무서워요 (레이스와 굿먼은 말하는 것도 너무 비슷해서 구분하기가 힘들 지경이에요). 그런 상황은 사실 여러모로 좋지 않죠. 버디에 대해 계속 이야기하며 (우리가 전화를 바꿨을 때까지) 그를 냉정하고 잔인하고 맹렬한 범죄자적 악마 취급할 때는 그들을 더 이해하지 못하겠어요. 버디를 가리켜 주변 모든 사람들을 집어삼키는 잔인하고 이기적인 사람이라느니 어쩌느니 하더군요. 나는 버디보다 더 상냥하거나 감상적인 사람을 본 적이 없는데 말이에요. 네, 그들의 말을 듣기 전엔 몰랐어요. 버디와 나 자신에 대한 그렇게 많은 엄청난 사실을, 산다는 게 어떤 것일 수 있는지를요.

우리는 내일 닷새 동안 캠핑을 가요. 메리 앤은 포르쉐를 샀고 우리는 침대, 스토브, 냉장고, 텐트가 모두 갖춰진 캠핑용 자동차를 샀죠. 애들은 신이 나서 떠들고 있어요. 우리는 멕시코로 갈 거예요. 가는 김에 파랄까지 가서 우리 삼촌을 볼 수 있다면 좋겠어요. 그때까지 레이스한테서 아무런 소식이 없으면 치와와주에 머물면서 이혼을 하겠어요(럼주도 마시고요). 후유, 너무 간단한 일처럼 여겨지는군요. 너무 간단해요. 레이스와 나의 삶의 연결고리가 얼마나 약한지 몰라요.

내가 크릴리에 대해 불평하는 걸로 읽혔어요? 내가 뭐랬는지는 기억이 잘 안 나지만, 우리가 처한 사정의 사소한 측면들에 그가 관심을 갖는다는 게 놀라워서 뭔가를 썼을 수도 있겠네요. 아니, 크릴리는 우리에게 참 잘해줬어요. 우리는 크릴리와 함께 얘기하고 웃음꽃을 피우며 여러 날 밤을 보내기도 했었죠. 바비는 크리스마스다 뭐다 해서 근래에 상당히 침울해져 있어요. 제장, 그 슬픔에 비하면 이 모든 상황은 얼마나 값싸고 시시한 것인지 몰라요.

있잖아요, 맥스가 왔었어요. 여기서 숙식을 하고 나서 타오스까지 가는 버스 요금과 돈을 빌려가더니 버디를 무시하는가 하면 사람들 뒷담화도 하더군요. 레나가 날 별로 보고 싶어 하지 않는다는 말도 나한테 해주더라고요. 버디와 크릴리가 함께 앉아 술 마시고 있는 걸 보니 바보처럼 심술이 났었나봐요. 맥스의 사람 됨됨이가 그래요. 그냥 작고 멍청하고 심술궂은 사람인 거죠. 버디와 나는 그 자리를 떠나면서 다시는 맥스를 보게 되지 않기를 바랐어요.

크릴리는 2월에 시애틀에서 낭독회가 있어요. 그는 버니와 나 셋이서 시애틀에 갔다가 포카텔로로 가는 게 어떠냐는 이야기를 나누고 있었죠. 거기(시애틀)에 마약 중독에 대한 영구 치료제를 갖고 있는 진료소가 있대요. 버디는 약 끊는 걸 정말 굉장히 힘들어하거든요. 특히 여기엔 그가 약을 끊게 내버려두지 않겠다는 듯 달려드는 사람들이 너무 많아서 더 그래요. 그 가학적인 개자식들이 보이는 악몽 같은 모습들은 이루다 말할 수 없을 거예요. 그렇지만 그 모든 게 곧 해결되겠죠. 버디에게 그 약이 들을 수도 있을 테니까요. 진 래시도 그 약을 받을 수 있었을 테지만 이제는 미쳐서 히포크라테스적으로라도 그러지 않을 거예요.

넵! 난 요즘 유행을 따라가느라고 초연 때의 출연진이 나오는 〈커넥션(Connection)〉*을 보고 『네이키드 런치』**도 읽었어요. "그건 죽음을 선택하는 것과 같아"라는 경솔한 유행어를 입에 담기도 하고요. 그런데 난 그게 유행어인지도 몰랐어요.

버디가 약을 끊은 마당에 이런 식으로 편지를 쓰면 안 되겠지만 버디는 아직 확신이 없고 그건 나와 메리 앤도 마찬가지예요. 게다가 마약 밀

---

* 미국의 극작가 잭 겔버의 1959년작. 1961년에 영화화되기도 했다.
** 미국의 소설가 윌리엄 S. 버로스의 1959년작.

매상들은 버디가 약을 끊지 못할 거라고 확신하죠. 그중 한 작자(그는 자신의 성기에 약을 주사해요)는 크리스마스이브에 열다섯 살 먹은 새 아내와 열네 살 먹은 딸을 데리고 왔어요. 개도 데리고 왔는데 그들뿐 아니라 개도 약에 중독되어 있더라고요. 그는 살인죄로 복역하다 가석방으로 나와 있는 사람이라 내가 그를 얼마나 증오하는지 드러낼 수가 없어요. 난 그가 무서워요. 그리고 그 사람이 버디에게 어떤 식으로든 무슨 짓을 하거나 할 수 있을지 두렵고요. 아무튼 우린 그들의 방문을 잘 견뎌냈고 버디도 기적적으로 잘 버텼어요. 그들은 마침내 자정 미사를 드리러 간다고 떠났어요.

그 일을 제외하면 좋은 크리스마스를 보냈어요. 크리스마스 정신을 불러일으키거나 캐럴 부를 기분, 쿠키 구울 기분은 내지 못했지만 우리에겐 크리스마스 아침에 우리 모두가 함께 있다는 사실이 남아 있었죠. 성품 좋은 이웃 사람들이 와서 그들과 함께 포솔레 수프를 먹었어요. 그 며칠 전 밤에는 파티를 했었는데 모두가 온정을 나누며 웃고 먹고 춤췄던 아주 흐뭇한 시간이었답니다. 그전까지 버디나 나는 파티를 연 적이 없었는데 그날 파티는 정말 재미있었어요.

방금 버디한테서 전화가 왔어요. 여행에 필요한 식품을 사러 가자는군요. 가서 옷을 갈아입어야겠어요.

(여기부터는 나중에 이어서 쓰는 거예요.)

쳇. 결국 여행은 못 가게 됐어요. 버디의 수입차 대리점에 걸린 세금 문제도 있고 메리 앤의 서명이 (더) 필요해서 산타페에 가야 하거든요. 거기까지 가도 당신들을 만나진 못할 테니 기분이 묘할 것 같네요. 변호사들 때문에 또 다른 분규가 벌어졌어요. 버디의 변호사와 메리 앤 측 변호사 양쪽이 모두 버디에게 3,000달러를 청구하고 있어요. 이혼 한 번 하는 데 6,000달러•가 드는 셈이죠. 이 모든 상황만도 굉장히 복잡한데 네 건의 소송이 더 있어요. 이러다 버디가 머잖아 파산하지 않을까 싶어요. 맥스, 레이스, 그 외 모든 사람들이 버디를 헐뜯어요. '아무 일도 하지 않는 성공한 비즈니스맨'이라고요. 버디는 아무것도 대충 하지 못하는 사람인데 말이죠. 겁날 정도로 너무 커진 사업체에 정말 열심이거든요. 그 모든 걸 관리하는 버디를 보면 정말이지 대단해요.

프레드와 폴, 차니를 사진으로나마 봐서 정말 반가웠어요 차니는 아름답게 빛나더군요. 그 반짝반짝한 눈이라니! 프레드는 많이 커서 이제는 어엿한 청년이 다 됐네요. 길에서 만났다면 몰라봤을 거예요. 폴은 여전히 수줍음 타는 다정다감한 아이고요. 아이 참, 내가 그 멋진 사진들을 골백번도 더 봤으면서 이러네요. 그쪽에 갔을 때 모두 한번 만났으면 좋겠어요.

사랑을 담아,
루시아

• 현재 화폐 가치로 환산하면 대략 5만 달러 정도일 것으로 추산된다.

P. S.

여보세요. 이봐요, 1962년이 됐네요. 새해를 맞으며 이런 기분이 드는 건 처음이에요.

1962년 말에 위의 편지를 썼던 날, 버디와 나는 그 6,000달러 때문에 그 빌어먹을 변호사들을 만나러 갔어요. 변호사가 뭐랬는지 알아요? "그 정도의 값어치는 있지 않습니까? 이 모든 일이 경찰이나 금융회사 등등에 알려지진 않게 한다는 거 말입니다." (메리 앤의 마약 중독 얘기를 하는 거예요.) 그러면서 이런저런 이야기를 하더군요. 공갈 협박이나 마찬가지였어요. 일반 공갈범이랑 다른 점은 독선적이면서 비열하다는 거죠. 결국 버디는 그 돈을 지불했어요.

어쨌든 마침내 캠핑을 가긴 갔어요. 타오스가 내려다보이는 산속에서 사흘을 지냈고요. 날씨는 맑고 화창하고 상당히 추웠지만 차 안은 따뜻했어요. 우리는 하이킹을 하거나 까치와 어치가 보이는 햇볕 속에 그냥 앉아 즐거운 시간을 보냈어요. 그리고 제이 워커의 집에서 이틀을 지냈죠. 해넘이를 보러 가느니 어쩌니 해서 처음엔 지겹고 따분한 사람일 거라고 생각했는데 그 사람과 그의 아내 모두 멋진 사람들이더군요. 행복해 보였어요. 새해 전날, 우리는 해가 지는 걸 본 뒤 잠을 자러 갔어요. 그리고 일찍 일어나 눈을 맞으며 산속을 2킬로미터 정도 걸었는데, 그때 푸에블로 원주민 부락에서 나는 음악 소리가 들려왔어요. 예전과 다름없이 매우 아름답고 황량한 소리였어요.

에드워드, 크릴리가 방금 왔어요. 당신과 얘기했는데 잘 지내는 것 같다고 하네요. 그 일을 맡지 않기로 한 사정에 대한 이야기는 정말 웃겼어요. 또 무슨 일이 있었냐고요? 우리는 맑은 정신으로 여행에서 돌아왔어요. 이곳 상황도 맑아 보이고요. 조만간 다시 편지 쓸게요.

참, 그 마약 밀매꾼은 엘패소에서 체포되었어요. 그에겐 안된 일이지만 어쨌거나 내 입장에선 맘이 놓여요.

사랑을 담아,
루시아

1962년 5월 17일

뉴멕시코주 앨버커키

이디스 스트리트

돈 부부

아이다호주 포카텔로

바튼 로드

헐린과 에드워드에게,

네, 우리는 잘 지내요. 별로 신나는 일은 없지만…. 신나는 일이든 끔찍한 일이든 무슨 일이 없으면 글을 쓸 수가 없는 것 같아요…. 얼마 전까지만 해도 상황이 너무 끔찍했던 터라, 지난 한 달간 이렇게 평온히 지내면서 다른 일 없이 봄이 오는 소리에 귀를 기울이고 있자니 지상 낙원 같네요. 드디어 잔디가 돋아났어요. 폭풍은 나흘째 몰아치고 있고요. 오늘 밤은 영하 2도까지 내려가서 추워요. 폭풍이 너무 많은 피해를 주지 않고 지나간다면 몇 주 뒤엔 안마당이 아름다워질 거예요. 도시에서 벗어나서 기뻐요. 채광도 더 좋은 데다 문을 쾅쾅 닫으며 드나들어도 누구 하나 뭐랄 사람 없으니 속이 편해요. 몇 주 동안 땅을 파고 덩굴식물과 키다란 해바라기를 수없이 많이 심었어요. 피튜니아는 이 폭풍도 견뎌낼 뿐 아니라 그 와중에 꽃까지 피우네요. 밝은 분홍색과 보라색 꽃들을요. 옥수수는 한 자 정도 자랐는데 토마토는 전부 죽었어요. 코스모스는 바람에 실려 이리저리 날리고 있어요. 참 약하기도 하죠. 다른 식물들은 땅을 뚫고 나와 아직 손톱만큼밖에 자라지 않았어요. 부디 얼어 죽지 않기를 간절히 빌고 있죠. 우리가 심은 식물이 어떻게 저렇게 자라는 건지 정말 신기해요.

버디와 나는 제프의 생일인 4월 26일에 버날리요시(市)에서 결혼했어요. 야호! 우리는 마치 결혼 25주년 기념으로 다시 결혼식을 올리는 사람들 같았어요. 스페인 사람인 JP가 말도 안 되는 말을 즉석에서 뚝딱 생각해냈어요. "자… 좋은 일이 있을 때나 나쁜 일이 있을 때나 서로 사랑할 것을 약속하십니까? 모든 과거를 잊고 여생을 살아가겠노라 약속하시겠습니까?" 참 아름다운 말이긴 하죠. 비가 오는 봄날에.

상황을 보면 힘들겠지만 우리는 약속한 대로 살아갈 거예요. 지금이 결혼하고 2년 지난 때라면 좋겠네요. 버디와 뉴욕을 떠났던 지난 10월엔 너무나 행복해지고 싶었고 사랑하고 싶었고, 또 많은 것을 바랐기 때문에 힘들지 않았어요. 그런 스스로를 인정하니까 그것만으로도 많은 문제가 풀리더라고요. 3월 이후로 버디는 마약을 한 적이 없지만 마약은 여전히 문제로 남아 있어요. 그 빌어먹을 사업체와 일(수입차 대리점)을 하기 싫어하는 상황도 문제죠. 하지만 버디는 매일 아침 비행기 조종법 강습을 받고 있어요. 아주 좋아하죠. 비행기를 직접 몰 줄 알면 미드랜드와 오데사에 가서 일을 처리하기가 더 용이해질 거예요.

내가 가장 잘 알던 남자, 바꿔 말해 내가 사랑했던 남자라면 폴과 우리 아버지를 들 수 있어요, 에드워드. 그들은 자신의 일 또는 기술 같은 걸 사랑했어요. 아니, 적어도 레이스의 경우엔 그랬어요. 그게 그들이 하고 싶어 했던 거였고, 하고 싶어 했던 것의 전부였어요. 나는 그들의 그런 점을 받아들이기가 힘들어요. 버디는 나와 결혼하면 뭔가 크게 달라질 거라고, 우리를 돌보는 일이 자동차 세일즈 일을 하는 이유가 될 거라고 생각했었나봐요. 하지만 3월에 그렇게 돌변한 걸 보면 결국 별로 달라진 게 없었던 거죠. 하지만 언젠가는 달라질 거예요. 우리는 둘 다 훨씬 더 많은 용기랄까, 그런 것으로 히스테리증을 이겨내왔으니까요. 이곳 앨버커키에서 성공하지 못하면 여기를 떠나 다른 곳에서 시도할 수 있을 거고요. 이런 나의 말들을 들으면 모든 게 실제보다, 평소 그런 것보다 더 (마치 모두가 행복한데 그러는 듯이!) 비관적으로 들리겠네요. 하지만 이제 우린 모든 상황과 우리 자신, 그리고 서로에게 너무 많은 걸 요구하고 있어요. 둘 다 그토록 오랫동안 서로의 '입장에 맞춰' 살아왔는데 이젠 그러질 못하네요.

앨버커키는 도움이 안 돼요. 후유, 얼마나 끔찍한 곳인지 몰라요. 집까지 가는 길엔 여러 중고품 가게와 모피 제품 가게가 있는데, 그 앞을 지나노라면 빨리 집에 가고 싶어져요. 집은 상당히 근사해요. 뉴욕에 살 땐 혼자 시내를 돌아다니지 않으면 살아 있는 느낌이 안 들었는데 말이죠.

내가 써놓은 글과 삼촌의 책을 잃어버린 탓에 아직도 우울해요. 젠장, 누가 죽었을 때마냥 슬프네요.

마크와 제프는 지쳤는데도 먼지투성이가 되어 놀고 있어요. 아주 좋은 친구들을 사귀었죠. 아침 여섯 시면 메사 저편에서 타잔이 소리를 지르죠. 제프 생일날 찍은 사진을 몇 장 동봉할게요. 제프는 많이 컸어요. 우리 집에서 네 집 아래에 사는 이웃이 그러는데 며칠 전 제프가 자기네 집에 오더니 "안녕하세요, 그냥 어떤가 궁금해서 왔어요. 어떻게 지내세요?"라 했다지 뭐예요. 얼마 전엔 마크와 제프가 자기들 방의 가구를 이리저리 옮기고 방바닥을 쓸기도 하며 이상한 짓들을 하길래 뭘 하느냐고 물었더니 아기가 있는 '구역'을 마련한다고 하더라고요. 애들은 아기가 생긴다는 생각에 정말 흥분했어요. 내 배를 만져보기도 하고요. 마크는 아기 이름을 '마크-제프'로 하재요. 제프는 '샤론-미셸'로 하자고 하고요. 권할 만한 이름이 있으면 알려주세요.

실은 아기 이름을 정하는 게 지금 가장 큰 문제예요. 이번 아기는 아들 아니면 작은 딸 쌍둥이일 거 같아요. 제프와 마크를 가졌을 때의 산달만큼이나 배가 부르고 불편하거든요.

우리가 최근에 세운 계획은 크릴리 가족이 밴쿠버로 이사 가는 걸 돕고 당신네 가족을 방문하는 건데, 어때요? 이제부터는 아이들을 위한 조건이 정말 괜찮아질 거예요. 저렇게 함께 그네를 타고 있는 걸 보니 정말 좋네요.

그런데 내가 그런 여행을 할 수 있을지 잘 모르겠어요. 어쩌면 버디가 마흔 시간인가 하는 비행 연습 시간을 채울 때까지 기다려야 할지도 모르죠. 여름엔 뭘 할 계획인가요? 아, 당신들을 볼 수만 있다면 난 무슨 짓이든 할 수 있을 것 같아요. 크릴리 부부로부터 당신들 소식을 들을 수 있어 좋았어요. 바비 크릴리는 허공에 그림을 그려가며 크기를 설명하거나 다른 사람들의 표정을 흉내 내는 걸 대단히 잘해요. 그걸 보고 있자니 당신들을 앞에 두고 보는 듯한 느낌이 들더라고요. 바비는 당신 부부의 아이들과 집에 관련된 모든 걸 다 이야기해줬어요. 당신들 편지에서도 그런 걸 느낄 수 있었지만, 그들에게서 그런 얘기를 들으니 정말 좋은 일들이 일어나고 있는 듯했어요. 그런 거죠? 분명 그런 것 같아요.

우리 어머니는 시애틀에 있어요. 아버지와 칠레로부터 멀리 떨어지는 게 어머니의 소원이었는데 원하시던 대로 되었으니 지금은 술을 덜 마시겠죠. 하지만 어머니가 거기에 있는 건 아마 나 때문일 거예요. 나 때문에 마음에 상처를 입었고, 결국은 술만 마시다 영양실조로 이가 빠지고 있죠. 그래도 난 어머니에게 매주 두 번은 편지를 써요. 내 동생과 아버지를 위해서 쓰는 거죠. 그런데 10월 이후로 답장이 없네요. 칠레에 있는 내 친구는 내가 어떻게 지내는지 걱정하는 편지를 보내왔어요. 언젠가 어머니를 만났을 때 내 안부를 물었더니 어머니는 나를 일컬어 자기 딸이 아니라 창녀라고 했다는군요. 또박또박 힘을 줘가면서 그러더래요.

크릴리 부부를 더 자주 볼 수 있다면 좋겠어요. 그들은 여기에 그리 자주 오지 않고, 우리가 갈 때마다 그들의 집엔 항상 사람들이 많더라고요. 대개는 젊은 팬들이죠. 어떤 의미에선 그들에게나 크릴리에게나 좋은 일이쇼, 뭐. 밴쿠버에 가면 이야기할 사람들도 더 많고 더 좋을 거고요.

굿먼 부부로부터는 연락이 있었나요? 그들의 악의 없는 간섭과 소유욕을 생각하면 난 아직도 화가 나지만 한편으론 그들이 보고 싶기도 해요. 데니의 책은 유익하고 아주 잘 쓰인 것 같아요. 아이히만에 관한 시들은 뭔가 유행을 좇는 면이 있어 짜증이 나지만요. 크릴리의 책은 정말 아름다웠고, 시들 역시 정말 아름답더군요.

내가 아는 단어가 더 많다면 좋겠네요.

방금 버디한테서 전화가 왔어요. 어휴, 나는 버디가 회사에 있는 줄 알았는데 오늘 아침 내내 비행기를 타러 나가 있었다네요. 보통은 여섯 시에 나가서 강풍이 불기 전에 비행기를 타고 출근을 하는데 말이죠. 그런데 오늘은 지금껏 비행기를 타고 폭풍우가 몰아치는 라스베이거스 근처를 돌아다니다가 모래 폭풍이 불 때 착륙했대요. 내가 그걸 모르고 있었다는 게 다행이에요. 버디는 비행기 조종을 정말 즐겨요. 특히 이른 아침에 나가면 풍경이 아름답다고 하더라고요. 이제부터는 다섯 시에 일어나 해돋이를 보겠대요. 오늘 아침 경치가 아주 좋았었나봐요. 조종사 자격증을 따기 위해서라지만 몇 시간이고 마냥 날아다니기만 하다가 내려왔으니 말이죠. 도로의 그 모든 미치광이 운전자들을 감안하면 비행기는 포르쉐보다 안전해요. 뉴욕에서 지하철만 타다가 승용차를 타자니 참 어색하게 느껴져요. 뉴욕의 지하철이 그리워요. 정말로요. 그곳 바다도 그립고요.

아코마 푸에블로에 갔던 일, 내가 얘기했던가요? 얘기했어야 하는데…. 그래야 이제 편지를 그만 쓰죠. 애들이 점심때가 되니 배고파서 바나나를 다 먹었어요. 칠레 고추 필요해요?

바람에 날려 떨어진 피튜니아 꽃을 동봉할게요. 지금은 색이 참 예쁜

데 계속 이랬으면 좋겠네요.

어떻게 해서든 한번 갈게요. 여기에 와볼 생각은 해봤어요? 동부로 가는 길에 여기에 들러 애들을 두고 가는 건 어때요? 서로 시간을 맞춰볼 수 있겠죠…. 그나저나 혹시 우리가 처음 알게 됐던 날 기억나요? 그때 내가 당신들이 우리 차를 타고 산타페에 갈 수 있는 효율적인 계획을 세웠잖아요. 어쩌면 버디가 우리 밴에 크릴리의 짐을 싣고 그리로 간 다음 돌아오는 길에 당신네 아이들을 데리고 오고, 당신들은 나중에 오는 건 어떨지…. 아무튼 조만간 한번 봐요.

사랑을 담아,
루시아

1962년 여름

뉴멕시코주 앨버커키

이디스 스트리트

(그림엽서)

돈 부부

아이다호주 포카텔로

바턴 로드

돈 부부에게,

여행 계획을 연기해야 할 것 같아요. 아기가 곧 태어날 텐데 너무 일찍 나올까 봐 그래요. 가을이 오면 모두 함께 갈 테니 그때 보기로 해요.

그 굵은 옥수수알 모양의 구슬은 보기만 했어요. 아직 구시가지에 가지 못해서 사진 못했고요. 하지만 세일하는 두꺼운 냄비는 샀고 곧 배달될 거예요. 우리 집 오븐을 생각하면 짜증나요. 그걸 쓰는 덴 한 달에 10달러 정도가 들거든요. 그런데 이 냄비로는 다양한 요리를 할 수 있죠. 나중에 안 쓰면 팔면 되고요. 후유, 당신들을 볼 생각에 들떠서 그만 별소리를 다했네요. 크릴리 부부로부터 소식은 있었나요? 그들 주소를 알면 좀 알려주세요. 곧 편지 주세요.

사랑을 담아, 루시아

돈 부부

아이다호주 포카텔로

바턴 로드

돈 부부에게,

이거 봐요! 정말 사랑스럽고 예쁜 아기예요. 통통해요(3.85킬로그램).

좀 전에 잠이 깨서 우습고 예쁜 재롱을 피우고 있네요.

우리 모두 너무나 기쁘다는 것 외에는 달리 할 말이 떠오르지 않아요.

편지 또 쓸게요.

사랑을 담아, 루시아.

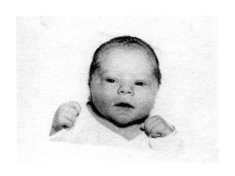

데이비드 호세 벌린
1962년 9월 20일
생후 세 시간 됐을 때의
사진이에요!

돈 부부

아이다호주 포카텔로

바턴 로드

돈 부부에게,

다음 페이지는 한 달 전쯤에 쓰기 시작한 편지예요.

그 후에 우리 어머니가 (우리가 돌아온 날에!) 오셨어요. 이번엔 정말 좋았어요. 드디어 서로 화해를 했고 매우 흐뭇한 (특히 어머니와 버디의 관계를 비롯해 전체적으로) 시간이 되었어요.

그리고 그다음 주에는 버디의 부모님과 여동생이 여기에 와서 지금까지 머물고 있는 중이에요. 버디의 여동생은 아름답죠. 모두가 행복해하니 기뻐요. 요리와 식사를 하고 관광을 다니느라 야단법석을 치르기는 했지만요. 아뇨, 아뇨, 버디와 나는 사이좋게 지내요. 그렇지 않더라도 그들 모두가 돌아가고 나면 좋아질 거예요.

데이비드는 건강해요. 항상 웃고 무언가 말을 하죠. 곧 좋은 소식 전할게요.

걱정을 했다니 미안해요. 그럴 필요 전혀 없는데. 부모님으로 인한 정

223

신적 긴장을 감안하면 버디는 기분도 좋고 잘하고 있어요. 아, 걱정하게 해서, 또 답장도 안 보내서 미안해요.

모든 사랑을 담아,

루시아

1962년 11월 19일

뉴멕시코주 앨버커키

이디스 스트리트

돈 부부

아이다호주 포카텔로

바턴 로드

돈 부부에게,

그 짧은 편지가 무슨 말인지 이해되셨는지 모르겠어요. 미안해요, 카드 같은 것도 못 보내고…. 편지를 여러 장 쓰려고 시작했는데 30분 정도밖에 없어서 다 쓰지 못한 탓에 결국 아무것도 보내지 못했어요. 당신에게 보낸 그 신비주의적 글에 대한 편지가 전부예요, 에드워드. 우리에게 글을 보내줘서 감사해요. 아주 좋은 글이었어요. 후유, 그 글은 상당히 많은 걸 담고 있는 듯해요. 그보다 큰 저작에 쓸 만한 것들 말이죠. 버로스(Burroughs)에 관한 건 전부 심오하더군요. 모든 게 타당한 전제랄지 그런 것에서 출발하더라고요[난 그의 의견에 동감하기는 하지만 버로스에 관한 소렌티노(Sorrentino)의 글은 그렇지 않았죠]. 책에 들인 기교와는 아무런 상관이 없었으니까요. 당신의 글에 관해 얘기할 때 우리는 많은 개인적 감정들에 쏠리지만 그래도 그건 나름 괜찮았어요. 아무튼 당신이 보내준 글을 우리가 읽게 되어 기뻐요. 그런 글이 더 있나요? 그럴지도 모르겠군요. 글이 더 길었으면 좋겠어요.

버디의 부모님과 여동생은 어제 떠났어요. 얼마나 마음이 놓이는지 몰라요. 하지만 작별인사를 할 때는 사실 슬프더군요. 우리는 늘 무언가 먹으며 웃었죠. 마음이 한없이 너그럽고 아름다운 사람들이에요. 나는 그들을 사랑해요. 그들은 주로 아기를 데리고 무척 즐거워했어요. 또 주위의 모든 걸 좋아했죠. 버지니아가 사는 산펠리페 푸에블로도 구경 시켜드렸어요. 버지니아와 버디의 아버님은 친구가 되었고요. 내가 데이비드를 가졌을 때 버지니아가 내 배꼽 위치로 아기의 성별을 예측했었단 말이 인상 깊으셨었나봐요. 그리고 두 분은 누가 더 많은 아기를 받았는지를 두고 말씨름을 하시더군요(분만이 어려울 때면 버지니아는 검은 도마뱀으로 차를 만드는데, 그게 효과가 있을 수도 있다는 데는 아버님도 결국 동의하셨어요). 버지니아는 우리 모두를 집에 초대했어요. 버디의 부모님과 여동생은 주지사를 만났고, 옥수수를 말리고 있는 진짜 아메리카 원주민들을 보면서 정말 감격하셨어요. 버지니아와 그녀의 가족은 매우 아름답고 조용한 사람들이었어요. 그들을 만나면 그런 자질에 조금이나마 전염되지 않을 수 없어요.

작년의 좋지 않았던 일들 중 아버님을 가장 신경 쓰이게 했던 것은 수프에 맛초볼*이 전혀 들어가지 않은 일이었던 듯해요. 그래서인지 이번에는 내게 그걸 어떻게 만드는지 가르치는 일에 공을 들이셨어요. 카

---

* 동유럽 아슈케나지 유태인들이 유월절에 먹는 만두 비슷한 음식.

샤, 게뎀프트 플라이시, 치메스*, 속 넣은 양배추, 맛초볼을 넣은 치킨 수프 같은 것들(맛있긴 정말 맛있었어요). 베이글은 브루클린에서 갓 구운 것을 공수해왔죠. 정말 근사했어요. 아버님은 버디가 살이 찌고 건강한 걸 보고, 또 데이비드를 보고 매우 기뻐하셨어요. 내가 만든 근사한 유대인식 음식을 드시거나 우리에게 키스 세례를 퍼붓지 않으실 때면 아버님은 데이비드를 안고 눈물을 글썽이며 "어떻게 이럴 수가!"라고 하시는 거예요. 어휴, 나는 레이스와 리틀 폴스 생각을 하지 않을 수 없었죠. 그 아름다운 고장, 계곡에 핀 연령초와 백합, 그 은둔적이고 개인적인 생활, 그들의 아픈 고독을 말이에요. 감상적으로 굴어서 미안해요. 나는 여섯 시 반이면 데이비드를 돌봐야 하고 그러다 보면 마크, 제프, 버디의 부모님, 여동생 등 모두를 돌보곤 했어요. 모두 일어나 실내 가운을 입고 침대에 앉아 서로 키스를 주고받고 데이비드를 보며 경탄해 마지않았죠.

네, 데이비드는 아름다운 아이예요. 헐린, 당신도 조만간 데이비드를 보게 된다면 좋겠어요. 데이비드는 항상 즐겁고 우스운 짓을 하고 태평하고 무엇에나 기뻐하죠. 웃는 것도 아주 크게 웃어요. 정말 뭐든 놀랍고 재미있다는 듯 웃는다니까요.

우리 어머니의 방문도 좋았죠. 단 5분 만에 모든 게 청산됐거든요. 정말로요. 어머니와 나 사이에서 오직 사랑과 모녀간의 정만을 느꼈던 건 내 평생 그때가 처음이었어요. 가슴에 맺힌 그 커다랗고 병적인 응어리

---

* 카샤는 동유럽의 메밀죽, 게뎀프트 플라이시는 유대교 율법에 따라 만든 정결한 쇠고기찜, 치메스는 고기 야채 등을 섞어 끓인 스튜다.

를 도려내는 게 내게 얼마나 중요한지는 굳이 말하지 않아도 당신들 역시 이제 알겠죠. 난 이제 새사람이 된 기분이에요. 이제야 비로소 어른이 된 것 같아요. 어머니와 나는 이제 서로에게 할 말이 많아져서 너무나 기뻐요. 뉴욕에서 어머니가 내게 발끈해서 그렇게 가버렸을 때, 그 이유가 내가 볼 때는 부분적으론 괜찮았어요. 어머니는 내가 괜찮지 않다고, 나를 부정하고 엉망인 여자라고 생각하고 그랬으니까요.

아무튼 지금 여기는 조용하고 춥고 아름다워요. 이제 세 시가 됐네요. 마크가 집에 올 시간이니 옷을 입어야겠어요. 데이비드를 데리고 하루 종일 햇볕에 나가 앉아 있거나 기저귀를 개고 커피를 마시며 빈둥거렸거든요.

막상 우리 비행기로 여행할 수 있을 때가 되니 기상 상태가 안 좋아서 북쪽으로 비행한다는 게 주저되네요. 그 작은 비행기 날개엔 얼음이 끼는 데다 빗속을 날아갈 생각을 하면 좀 무섭거든요. 그래서 거기에 가게 될지 잘 모르겠어요. 당신네 가족을 정말 보고 싶은데 말이죠.

조지한테서 무슨 연락 없었나요? 마크의 생일에 10달러 미만의 텐트가 있나 문의하려고 페드웨이 상점에 전화를 걸었더니 어떤 남자가 받더군요. "그럼요, 부인. 세일 상품 중 훌륭한 텐트가 있습니다. 사내아이 둘과 어린 여자애들 여럿이 병원 놀이를 할 수 있을 만큼 커다란 텐트죠. 가로 3미터, 세로 4미터에 높이는 1.2미터니 딱 손님께서 원하시는 겁니다." 그 사람은 거의 반시간 동안 그 빌어먹을 텐트의 놀라운 기능을 설명했어요. 그래서 시내에 있는 그 상점에 갔는데 알고 보니 나와 전화

통화한 직원이 바로 조지더라고요. 그리고 그런 텐트는 없지 뭐예요! 하지만 조지의 안내를 받아 거대한 텐트 창고, 아니 물품 저장실을 구석구석 돌아다니며 입을 쉬지 않고 놀리는 그와 이야기하는 건 재미있었어요. 정말 웃겨요. 어휴, 지금 (우리에게) 유일하게 안 좋은 점은 이야기할 상대, 우리가 찾아가 만나고 이야기를 나눌 사람이 별로 없다는 거죠.

마크가 집에 왔네요. 옷을 갈아입고 머리를 빗어야겠어요. 마크는 학교에 잘 다니고 있어요. 이제 치약 튜브에 쓰인 글자나 교통 표지판 등 뭐든 다 읽을 줄 알아요. 그 아이는 학교 다니는 걸 굉장히 즐거워하고 친구들도 생겨서 너무너무 행복해해요. 제프도 그렇지만 걔야 늘 그랬잖아요(그리고 앞으로도 변함없을 거고요).

그건 그렇고, 우리한테서 소식이 없어도 더 이상 걱정하지 말아요. 마침내 여기 생활이 안정되어 모든 게 잘될 것 같으니까요. 당신들에게 전화를 걸려고 하면 항상 집에 누군가 있어요. 하지만 우리와 통화하고 싶다면 344-4141로 걸어줘요. 수신자 부담으로요. 당신들이 건 전화라면 교환에게 수신자 부담을 거부하겠다며 끊은 뒤 버디의 수입자 대리점 신용카드로 내 쪽에서 다시 전화를 걸게요. 나는 그 카드 대금이 어떤 방식으로 지불되는진 모르지만 버디 개인이 부담하는 건 아니에요.

당신 가족 모두에게 사랑을 보내며,
루시아

돈 부부

아이다호주 포카텔로

바턴 로드

돈 부부에게,

우리가 탄 비행기가 후이촐레 산악 지역 위로 날아가고 있어요! 날이 미치도록 맑아요. 오늘 저녁이면 아카풀코에 도착해 있을 거예요.

편지 쓸 시간도 없었고, 크리스마스 선물을 보내고 싶었는데 그럴 시간도 없었어요. 하지만 뭐 어쩌겠어요. 부디 모두 건강하고 즐거운 성탄절 보내세요.

네, 우리도 그럴게요. 우리는 어제 오후에 앨버커키를 떠났어요. 치와와까지는 무시무시하고 겁나는 폭풍우를 헤치고 날았죠. 버디는 **뛰어난 조종사**예요. 버디가 관제탑을 호출하는 게 너무 멋지더군요. 이륙은 스페인어로 '데스페가르(despegar)'인데 원뜻은 뭔가 붙어 있는 걸 '잡아떼다'예요. 나는 이제 (이 비행기에) 적응이 됐어요. 재미도 느낄 뿐 아니라 길을 찾는 일도 하죠(강이나 물웅덩이나 호수로밖에는 현 위치를 파악할 수가 없어요). 우리는 하늘과 땅 사이에, 또 비바람 속이나 기후 사이에 있으니 세상 전체의 부분인 셈인 거예요. 지금 상공 3,000미터에서 굉장한 산 위를 날고 있어요. 지도상에서 10센티미터 이내에 해당하는 지상에는 마을도 길도 없어요. 방금 마을 하나를 보긴 했지만요.

아카풀코로 가서 하룻밤을 지낸 다음엔 지와타네호로 날아갈 거예요. 하지만 아카풀코의 엘파로 호텔이나 라 케브라다 호텔로 편지를 쓰면 우리에게 전달될 거예요.

버디가 방금 라디오를 켰는데 멕시코 음악이 나와요! 데이비드는 내 무릎에 누워 완전히 곯아떨어졌어요. 마크와 제프는 이제 지루해져서 기분이 안 좋고요.

오후 한 시. 과달라하라!

누군가 자기가 편지를 쓰는 사이에 일어난 일을 언급하며 그런 것까지 편지에 써서 보내오면 정말 싫어요. 당신은 안 그래요? 나는 그렇게 쓴 편지는 믿지 않아요.

다 왔어요. 이제 한 시간 반 정도만 가면 된다고요! 예정 시간보다 빨리 왔네요. 앨버커키에서 아카풀코까지는 총 여덟 시간 반이 걸려요. 여기 참 **아름다워요**. 약 27도로 **덥고요**. 야자수, 분홍 프림로즈, 푸크시아, 협죽도, 빨간 글라디올러스. 난 멕시코의 태양, 따뜻한 기후와 이곳 사람들이 좋아요.

우리가 여기에 있다는 사실이 너무나 좋네요. 우린 작년(여기로 첫 여행을 왔었죠!)처럼 들뜨고 멍청한 기분으로 공항 건물까지 걸어갔어요.

아무튼 어제 폭풍우를 헤치고 높은 산(지도로는 가장 높은 봉우리가 3,000미터로 표시되어 있는데 우리는 6,000미터 상공까지 올라가야 했어요)

을 넘어 가까스로 이곳에 왔어요.

곧 포카텔로에 가 있을 거예요. 당신들도 여기에 온다면 좋겠네요.

행복한 새해가 되길 바라며 사랑을 담아,

루시아

돈 부부

아이다호주 포카텔로

바튼 로드

헐린에게,

며칠 전 당신의 편지를 오악사카를 경유해서 전달받았어요(예측할 순 없지만 능률적인 멕시코 우편 시스템에 감사해요). 당신의 멋진 표지가 그려진《와일드 독(Wild Dog)》잡지도 받았고요. 이번 호는 정말 좋군요. 우와, 내 글이《와일드 독》에 실린 걸 보니 무척 기뻐요. 나와 에드워드를 대신해서 드루에게 감사하다고 전해줘요.

아무튼 우리는 멕시코에서 돌아왔어요. 그런데 뭔가 이질적인 느낌이 들고 향수병에 걸린 듯하기도 해서 좀 이상해요. (거의 한 해 가까이 있었는데) 좋은 시간이었어요. 바야르타는 최고였죠. 아, 어째서 산타페 같은 아름다운 곳들엔 아름답고 느긋하지 않은 거라면 뭐가 됐든 견디지 못하는 사람들이 많을까요? (그러니까 우리가 그런 곳에 갔겠죠. 햇살도 눈부시고 비용도 얼마 들지 않는 해결책인 듯해요.)

우리는 치아파스, 오악사카, 과테말라에서 매우 근사한 넉 달을 보냈어요. 오악사카가 내려다보이는 언덕 위의 집에 주로 있었죠. 하지만 그곳은 우리 집이 아니라 그저 외국일 뿐이었기에 계속 머물러야 할 '실제적인' 이유를 찾지 못했어요(그래서 우리가 지금 **여기에** 돌아와 있잖아요!). 아무튼 언제까지고 관광만 하며 살 순 없는 거죠.

원래의 계획은 집을 짓고 새로 시작하는 거였는데 집 짓는 일에서든 새로 시작하는 일에서든 우리는 **예외 없이 언제나 좌절을** 맛보았어요.

그래서 결국 출발점으로 되돌아왔어요. 출발할 때와 달라진 건 '멕시코에 가면 좋지 않을까' 하는 꿈이 없어졌다는 거죠. 버디는 이곳의 자동차 대리점에서 직접 일하면 추가로 매년 2만 달러를 버는 데다 비행기까지 유지할 수 있으니까 마약을 하는 끔찍한(정말로!) 문제로 씨름하게 되는 상황을 못 견뎌해요. 설사 대리점에 나가지 않아도 때가 되면 5,000달러씩 굴러들어오지만 아무 일도 안 하고 가만히 있는 것 또한 버디는 못 견디죠. 그럼에도 그런 수입이 있으니 다른 일을 굳이 찾아야 할 이유가 없는 거고요. 빌 이스트레이크는 버디에게 젖소 목장을 하라고 하더라고요.

그건 그렇고 빌은 말을 타다 사고가 나서 폐에 구멍이 났어요. 이 사고로 안정을 잃고 크게 충격을 받았어요. 몸은 이제 좀 괜찮아졌지만 아직 통증이 있고 거동이 많이 불편한가 봐요. 빌과 바사를 보니 반가웠어요. 그들에겐 본받을 만한 좋은 점이 많아요.

우리는 여기 왔을 때 처음 며칠간 크릴리 부부의 집에서 지냈어요. 그리 좋은 타이밍은 아니었어요. 편지나 기고문 등 바비가 써야 할 게 많았고, 새로 이사 간 (아주 좋은) 집의 방들을 꾸미느라 바빴거든요. 우리는 우리대로 한시바삐 포카텔로를 떠나 앨버커키로 돌아가려고 정신이 없었죠. 그전에 앨버커키에 있었을 때는 한시바삐 그곳을 떠나려고 안달을 했었는데 말이에요(그때 우리가 얼마나 짜증나게 굴었는지를 생각하면 얼마나 미안한지 몰라요). 아무튼 우리는 그들 부부를 별로 많이 보지 못했어요. 우리 애들은 아침 일곱 시 반에 일어났다가 밤 아홉 시가 되어 잠자리에 들 때까지 TV를 봤고요.

아, 그게 가장 슬픈 부분이에요. 마크와 제프, 데이비드는 멕시코에서 정말 행복했거든요. 단순한 생활의 그곳은 아이들에게 지상낙원이었죠. 불과 한 주 전만 해도 산속에서 염소 예순 마리를 치는 니코와 하루 종일 놀던 아이들이 저렇게 TV를 보고 아이스캔디를 먹고 스케이트보드 타는 걸 보니 기분이 참 묘해요. 니코와 산속에서 놀다가 여름 폭풍우를 만나면 동굴에 몸을 피하기도 하고, 빵을 먹고 염소 우유를 마시고, 매일 수많은 모험담과 보물을 갖고 볕에 붉게 탄 데다 상처와 긁힌 자국 투성이인 몸, 그리고 행복한 얼굴로 집에 들어오는 아이들이었는데 말이에요.

제프는 오악사카를 떠나려 하지 않았어요. "싫어, 난 여기 있을래" 하며 계속 우기다가 끝내는 이렇게 묻더군요. "그럼 여기 다시 돌아올 거야?" 우리는 그곳에 남고 싶어 하는 제프가 자기를 두고 간다고 하면 섭섭하게 여기고, 그러면 우리를 보고 싶어 할 걸로 생각하고 이렇게 대답했어요. "아니, 안 돌아올 거야." 제프가 체념하고 우리와 함께 떠나겠다고 할 줄 알았던 거죠. 한데 제프가 이러는 거예요.

"음, 그럼 난 정말 여기 남을래."

여기 와서도 제프는 계속 오악사카로 돌아가자고 졸라요.

아, 내가 외국에 사는 사람들에 대한 르로이 존스*의 반감을 유치하게 패러디한 꼴이 됐네요. 그래도 난 (우리 미국인들은 **여기**에 있어야 한다는) 르로이의 말에 공감해요. 결국 우리의 외국 생활은 잘 풀리지 않은 거죠. 값싼 하인을 두고 살았다는 점만은 빼고요[나는 **싱크대**가 있고 온수가 나오고 **스릴**(Thrill) 세제가 있어서, 그리고 온종일 주위를 서성거리는 하인들이 없어서 정말 기쁘다고요]. 나는 항상 하인들 모두와 그들의 자식들(열 명)이 먹을 것까지 만들 수밖에 없었죠(그들은 설거지를 하고요). 나로서는 그런 관계가 끔찍해요. 하지만 데이비드와 관련된 것 말고는 아무 문제도 없었어요.

프로이트의 정신분석학적 심리인지 뭔지 때문인진 몰라도, 하녀들은 자신들이 그렇게 예쁜 아이를 낳을 순 없을 테니 결혼하지 않고 차라리 데이비드를 응석받이로 키우는 데 헌신하겠다는 분위기였죠. 허구한 날 그들은 아침이면 데이비드와 '천국에 홀로' 있는 꿈 이야기들을 했어요. 그런 분위기였는데도 데이비드가 버릇없이 자라지 않은 걸 보면 놀라워요. 이 아이는 굉장히 다정하고 재치 있고 우스꽝스러우며 사랑스러워요. 자기는 사랑받고 있다는 확신과 자신감을 가졌죠. 그리고 영어를 쓰지 않아요. 한번은 쿠폰에 도장을 두 배로 찍어주는 날 세이프웨이 마트

---

* LeRoi Jones(1934~2014). 미국의 작가.

에 갔는데 카트에 앉아 계속 "CALLATE LA BOCA!(닥쳐!)"를 외치더라고요.

우리는 앨버커키 한복판 어딘가의 아주 작은 아파트에 살아요. 학교와 마트랑 가깝죠. 마크와 제프가 여름학교에 가면 나는 쇼핑을 해요.(집에서 두 블록만 가면 레빈 스토어가 있는데 원단도 있고 셀로판지에 포장한 고기도 있네요. 닭고기는 깨끗이 털을 뽑은 뒤 토막 내서 팔고요!) 나는 닭들이 뭘 먹었는지, 그 배 속을 보는 것엔 영원히 적응하지 못할 거예요. 우리 동네는 사회학 연구서나 조지 오웰의 책에 나올 법한 곳이에요. 여기선 일을 안 하는 사람이 없죠. 가정주부, 비서, 그들의 남편들 대부분, 결혼 2년차인 사람이든 자식이 있든 없든 사람들은 산디아 연구소나 공공 서비스 업체, 가스 회사, 전화 회사에서 일해요. 이 집을 중심으로 한 네 블록 정도는 여덟 시부터 다섯 시까지 사람의 왕래가 없어요. 잔디에 물을 주는 사람도 없고 거리엔 차도 다니지 않고요. 그러다 다섯 시 정각이 되면 모두 귀가해서는 문과 창문을 전부 닫은 뒤 에어컨을 켜고 TV를 봐요. 간혹 주부가 나와서 빨래를 널거나 남자가 쓰레기를 내다 놓긴 하지만, 그마저도 대개는 잔디에 물을 주는 일요일에 하죠. (영광스러운 일요일, 물 주는 날!)

나는 산디아산을 좋아해요. 그리고 이곳의 **햇빛**도 좋아하고요.

나를 기분 좋게 해주는 또 다른 유일한 자연 경관은 아이다호와 몬태나의 산을 생각나게 하는 목초지예요. 길을 가다 보면 느닷없이 나타나는 공터나 탁 트인 들판이 나오는 그런 곳 말이에요. 내가 레이의 그림을 그토록 좋아하는 것도 이런 감상적인 이유에서랍니다. 어제 그 그림을 사려고 주문서를 보냈어요. 아직 팔리지 않았다면 좋겠는데. 그걸 사게 되어 너무 기뻐요!

메그로부터는 아무런 연락이 없어요. 나는 그녀, 아니 그들이 잡지에 실어줄 만한 건 아무것도 쓰지 못했어요. 메그가 캘리포니아에서 열린 무언가(?)의 임시 총회에 대해 쓴 「시인 총회」를 거의 패러디한 글 외에는요. 우리가 오악사카에서 알았던 금속 관련 직업을 가진 사람들(용접공, 전기공, 목수). 그 미치광이 같은 사내들, 로스앤젤레스의 60층 건물 건축 현장에서 일하던 30~40세쯤 되는 서퍼들. 그들의 **엉터리 같은** 이야기들. 그들은 돈을 벌 만큼 벌고 서핑과 흥분을 하는 것에 대부분의 시간을 보냈죠. '비트족'(그게 무엇이든 간에)과는 달리 근육질 몸에 문신을 하고 크루 컷으로 머리를 자르고 이쑤시개를 물고 다니는 그들은 바야르타에서는 서핑과 낚시를 해요(바야르타에서는 그들을 보지 못했지만요). 오악사카는 그들이 푸에르토 앙헬에 있다가 돈이 떨어졌을 때 가는 곳이었죠. 그들은 영국에서 LSD와 메스칼린을 들여오기도 해요. 그런 건 멕시코에서는 불법인데도요. 그리고 로스앤젤레스로 그걸 가져가 큰돈을 벌기도 하죠. 실제로 그런 일이 있었고요. 아무튼 그런 사람들에 관한 글이에요.

우리가 만난 미국인이라고 해봐야 그런 사람들뿐이었어요. 아무래도 우리가 스페인어를 잘하는 데다 다소 미국인이 아닌 것 같기도 해서인지 우리 친구들 대부분은 멕시코 사람들이었죠. 르로이가 쓴 기사를 두고 세련되지 못한 논쟁을 벌였을 때의 내 요지도 바로 그런 거였어요. 우린 세다르의 바(?)(이런 걸 보면 나도 한물갔죠) 또는 샌프란시스코에서도 미국인들과 어울리지 않았지만 '멕시코 사회의 각계각층에는 속속들이 침투'했죠. 하지만 그런 건 중요하지 않았어요(그보다는 우리가 국가적으로 또 문화적으로 강한 편이 낫죠. 버디의 아버님이 말하곤 하셨듯 우린 우리나라 사람들과 길가의 바에서 빈둥거리기나 해야 했던 거예요).

왜 그런 게 중요하지 않았는진 아직도 잘 모르겠어요. 어쨌든 그냥 중요하지 않아요. 차라리 여기 이 모든 따분하고 빤한 아파트들에 사는 사람들의 삶에 침투하는 편이 낫죠[야만적인 귀족에 관한 단편인 그 저질 「엄마와 아빠(Mama & Dad)」에서 그런 침투를 시도했어요]. 멕시코의 어디서든 우리가 알고 지냈던 사람들은 (헛된 자존심이 아닌) 아름다움과 품위를 지니고 있었어요. 그런데 여기 사람들 중 그런 것들을 가진 이는 아무도 없네요. 그런 게 내게는 이질적으로 느껴져요. 미국인들이 지닌 품위는 민족의식이나 가족, 전통, 종교 따위와 아무 관련이 없고 진실로 개인적이면서 도덕적인 것이에요. 아, 나는 결국 애국심을 느끼게 되었어요. 돌아오게 되어 기뻐요!

내 이야기가 한참 옆으로 샜네요. 카드라도 보내줘요. 뉴욕과 버펄로에 대해 듣고 싶어요. (레이스는 만나봤나요?)

난 당신들이 새로 산 그 멋진 컨버터블 자동차를 타고 미시시피강을 건너는 장면을 충분히 상상할 수 있어요!

저기, 혹시 집에 도착해서 마음이 내키면 전화 줘요. 당신이 전화했을 때 우리가 집에 있을지 모르겠지만요. 우리 집 전화번호는 255-9458이에요. 수신자 부담으로 걸어요(우리가 아닌 버디 회사가 지불하는 거니 걱정 말고요).

사랑을 담아,

루시아

P. S.

편지 좀 해요. 엽서라도 좋아요. 많이 보고 싶어요.

P. P. S.

나 링고 스타에게 반해서 비틀즈식으로 머리를 잘랐어요(그래봐야 염색한 부분을 없앤 것에 불과하지만요).

1964년 10월 15일

뉴멕시코주 앨버커키

NW 프루트 스트리트 1500번지

돈 부부

아이다호주 포카텔로

바튼 로드

돈 부부에게,

이건 나중에 크면 절대로 하지 않겠다며 내가 어렸을 때 맹세한 말인
데… 오, 차니, 너 정말 많이 컸구나! 너의 상냥한 편지 고마워.

만사가 얼마나 또는 왜 다 잘되었는지 어떻게 설명해야 할지 모르겠
어요. 우리는 보스턴과 뉴욕에 갔다가 방금 돌아왔어요. 어쨌든 우리는
여기 있어요. 아침인데 벌써 열 잔째 커피를 마시며 서로 기대서 연신 웃
고 있죠. 모든 상황에도 (나도 내가 무슨 상황을 말하는 건지 모르겠지만) 불
구하고 이제 모든 게 근사하면서 단순해요. 하지만 오늘 아침 우리는 바
야르타로 돌아가는 꿈을 품기 시작했죠. 버디는 비행기를 몰고 혼자 먼
저 그곳에 가서 집을 구해놓은 다음 여기로 돌아와 모두를 밴에 태우고
다시 그리로 갈 거라 하더군요. 아이들은 거기서 학교에 다닐 수 있을 테
고 또 우리가 집에서 가르치기도 할 생각이에요. 아, 가기 전에 당신들을
찾아가서 한번 볼지도 모르겠어요. (아, 그럴 수 있다면 정말 좋을 텐데!)

(데이비드가 방금 일어나 타자기를 점령했어요.)

아무튼 우리가 1년 전 있었던 바로 그곳에 돌아와 있다는 사실 하나
만으로도 우울증이 사라졌어요. 그 모든 상황을 가만히 생각해보면 사
실 우습기도 해요. 버디의 아버님은 3년 전 우리가 눈이 맞아 달아났을
때 세월 이야기를 하셨어요. 그래도 인생은 흘러간다고요. 무슨 뜻에서
하신 건진 모르겠지만 상당히 예언적인 말씀이었어요. 인생이란 그런
거라고, 세상은 돌고 도는 법이라고.

보스턴에 가서는 너무 힘들었어요. 거기 있는 동안 우린 울기만 했던
거 같아요. 제멋대로 행동하고 툴툴거리기 잘하는 골칫덩이인 (늙은) 아
버님을 나로선 견디기 힘들었거든요. 하지만 아버님은 정말 굉장히 다
정하고 슬픈 모습이었고 처음으로 버디에게 애정을 보이셨어요. 버디의
여자 형제들은 데이브 숙부의 몇백만 달러나 되는 재산을 누가 물려받
을 것인가를 놓고 늘 다퉈댔고요(그들은 몰랐지만 버디와 나는 데이브 숙부
가 모든 재산을 열아홉 살 먹은 어느 스튜어디스에게 이미 물려줬다는 사실을
알고 있었어요! 버디의 여자 형제들이 그걸 알면 완전 돌아버리겠죠). 우리는
끔찍한 양로원에 있는 루이스 삼촌을 찾아가 뵈었어요. 그곳은 초현실
적인 지옥 같더군요. 거기 있는 할머니 할아버지들의 눈을 차마 들여다
볼 수가 없더라고요. 우리가 탄 엘리베이터에는 한 간호사와 휠체어를
탄 노인이 있었어요. 술에 취해 마비된 해골 같은 노인이었죠. 버디나 데
이브 삼촌이나 나나 그 노인이 루이스 삼촌인 줄은 몰랐어요. 마침내 그
분을 알아본 버디가 "루이스 삼촌"이라고 외치자 노인은 버디를 쓱 바

라보더니 눈물이 그렁그렁한 눈으로 미소를 짓더군요. 그런데 간호사는 울더라고요. 루이스 삼촌이 외부의 자극에 어떤 반응을 보인 건 9개월 만에 처음이라면서 말이에요.

아무튼 이번 여행은 모든 게 이상했어요. 사람들은 하시디즘 교인들의 이야기 속에 나오는 천사나 선지자 같았죠. 아, 그리고 아이들과 떨어져 미술관에도 가고 연주회에도 가서 좋았어요. 보스턴과 피바디 박물관은 굉장했고, 뉴욕에선 신나게 놀았어요. 네, 버디가 거기에 함께 있으니 참 좋더라고요. 그리고 그 같잖은 저작권 대리인 헨리를 만났던 것도 좋았어요. 네퍼 가족과 만난 일도 그렇고요. 다만 밍거스와의 그 소송 건 때문에 지미에겐 전과가 생겼어요. 오래전 렉싱턴에서 형을 살았거든요. 밍거스는 마약이 든 소포를 지미에게 보내고 동시에 FBI에 찔러 그에게 누명을 씌우려 했어요. 엉성한 계획이었던 터라 아무 일도 일어나진 않았지만 FBI 요원들이 그들을 찾아가 내 사진을 요구했다더라고요. 아마 버디와 내가 마약 밀수를 한다고 생각한 듯해요. 우리가 시애틀에서 겪은 그 미친 악몽 같은 사건은 벌써 2년 전의 일이라 별로 걱정할 게 없었죠. 그러나 그들이 우리의 전화 통화를 전부 도청했고 지금도 그러고 있으며 내가 네퍼 부부에게 보낸 편지 두 장에 대해서도 파악하고 있다는 걸 알게 되니 굉장히 신경이 쓰이더군요. FBI가 그 편지들을 읽었는지의 여부를 우리로선 알 수 없었어요. 지미가 그러는데 그들이 주의를 기울이는 대상은 바로 나래요. 아마 내가 여기저기 여러 약국의 고객으로 기록(합법적)되어 있기 때문일 거예요. 그뿐 아니라 FBI는 나를 미행하기도 하고 앨버커키에서 우리에 대해 탐문하기도 했대요. 멕시코에서 버디가 기침 시럽약*을 원할 정도로 알코올 금단 증상에 괴로워한 적이 없다는 사실도요. 여기서 일어나는 모든 일들을 보면 멕시코가 굉장히 자유로운 곳처럼 여겨져요. 금단 증상으로 괴로운 때는 기침 시럽약을 한두 통 먹고 싶어도 여기선 그이나 나나 그걸 살 엄두를 못 내죠. 내가 어쩌다가 그 시럽약을 먹기 시작했는진 모르겠어요. 다만 지금은 탕헤르에서 경찰이 급습한 일에 대해 아무것도 쓰지 않아야 하고 사람들의 이름도 언급하지 말아야 한다고 말할 정도로 과대망상이 심해요. FBI가 그 편지들에 대해서도 알고 있다는 얘기를 들었을 때 나는 탕헤르에서 겪은 체포 사건을 떠올리고는 내 편지 때문에 누가(버디) 체포될 경우의 그 끔찍한 아이러니를 (그들이 우리 사이의 은밀한 것까지 다 알고 있을지 모른다는 사실도) 상상했어요.

아마 뉴욕에 있으면서 내가 맑은 정신을 유지할 수 있었던 건 데니즈와 미치를 보지 않았기 때문일 거예요. 젠장, 예전에 뉴욕에 살았을 때는 그들이 내 인생의 큰 부분을 차지했었는데 말이죠. 그들에게 응어리진 마음을 안고 그렇게나 오랜 세월이 흐른 지금에야 나는 문득 내가 그 빌어먹을 데니즈와 미치, 그들의 괴짜 아들 닉을 사랑한다는 걸 깨달았어요. 이젠 우리 어머니나 프랭키 페르난데스도 더 이상 밉지 않고, 사실 아무에게도 괴로운 감정이 들지 않아요. 바비 크릴리, 그리고 초등학교

---

* 알코올 성분이 들어 있지만 이보다는 덱스트로메토르판이라는 진해 성분이 취한 기분을 느끼게끔 해줄 수 있다.

2학년 때 학교를 그만둔 이웃집 어린애만은 예외일 수도 있겠지만요.

또 얘기할 게 뭐가 있더라? 아, 그렇지. 우리 아이들이 있는 집, 뉴멕시코로 돌아와서 정말 좋아요. 제트여객기마저도 뉴멕시코의 산과 맑은 하늘을 선회할 때 신이 났는지 덜컹덜컹 흔들리더라고요.

(아, 망할! 데이비드를 타자기에서 떼어놓으려고 치리오 시리얼과 설탕 그릇을 줬어요.)

멋진 오딜롱 르동(Odilon Redon)의 그림에 대해 알려줘서 고마워요. 그의 그림들 정말 좋지 않나요? 보스턴 미술관에는 두 인물이 포함된 풍경화가 한 점 있어요. 그곳에 있거나 그 근처에 가면 한번 가보세요. 진과 팻을 찾고 있는데 영 못 찾겠네요. 그들에게서 무슨 연락이 있었나요?

안녕, 조만간 보게 되길.

사랑을 담아,

루시아

돈 부부

아이다호주 포카텔로

바턴 로드

헐린에게,

안녕하세요! 버디와 마크, 제프는 여권 사진을 찍으러 가요("난 사진 필요 없는데"라고 하니까 그이가 "그거 멕시코 여권 아냐?" 하더군요). 그래서 다시 우리 모두 함께 가고, 그래서 기뻐요. 이사 준비로 모든 게 어수선하지만 그래도 가야죠, 뭐. 이사 때문에 당신 편지에도, 또 폴의 **기막힌** 편지(이것 때문에 우리는 며칠간 기분이 좋았어요)에도 답장을 못했던 거예요. 그래도 이것저것 좀 더 정리되긴 했어요. 이제 그곳에서 무엇이 필요한지(**모든 것이** 필요하죠), 또 무엇을(**아무것도**) 가져가지 말아야 하는지 알아요. 결국 버디는 집을 구해놓지 않았어요. 우리가 확실히 원하는 건 단 하나, 아서 고드프리(Arthur Godfrey)의 노래에 나오는 오두막이에요. 바다가 내나보이는, 풀로 엮은 작은 오두막 말이에요. 작년에 머물렀던 그 작은 박스 모양의 콘크리트 집보다는 그런 집이 더 좋아 보여요. 사실 말이지 거품 목욕을 하거나 오븐에 감자를 구워 먹거나 하는 게 아니라면 그런 집만으로 충분해요. 그런 걸 하기 위해 집이 필요한 건 아니죠. 이제 단 하나 남은 짜증나는 일은 열여덟 시간 동안 300킬로미터나 되는 정글을 통과해야 한다는 거예요. 멕시코 테픽주에서 출발해서, 앵무새와 플라밍고를 목격하고, 강과 진흙탕을 지나는가 하면 포인세티아 숲을 거쳐 가다 길을 잃기도 하면서 말이죠. 우리 넷은 마자틀란에서 비행기를 타고 가고, 버디는 그곳에서 어떤 친구와 차를 몰고 출발할 거예요. 그러는 게 모두를 위해서 좋죠. 버디 입장에서도 강을 건널 때마다 울어대는 제프와 나를 데리고 가는 것보다는 그 편이 훨씬 더 수월할 테니까요.

안녕! 나는 지금 데이비드, 제프와 함께 마자틀란 공항에서 탑승을 기다리고 있어요. 버디는 마크를 데리고 그 끔찍한 길을 떠났고요. 우리는 여기서 맞는 마지막 추수감사절(4일) 저녁을 아주 근사하게 먹었어요. 야자수 아래 해변에서 크랜베리 소스와 드레싱, 터키 요리와 올리브와 셀러리까지 먹었다고요!

지금까지의 여행은 좋았어요. 우리 모두는 기분이 들떠 있고 행복해요. 작년에 갔을 때보다 2주 늦게 가는 거니 비도 그만큼 덜 오겠죠. 바야르카로 가는 길의 상태가 괜찮다면 좋겠네요. 마크는 아주 완전히 신났어요.

내가 혹시 우린 아무것도 안 가져갈 거라 했던가요? 이번엔 최소한의 것들만 가져가겠다고 생각했는데 밴이 짐 때문에 터져나갈 지경이 됐어요. 그래도 여기까진 야영을 해가며 내려왔는데 잠은 못 잤어요. 하늘에는 별이 쏟아져 내릴 듯 많았고 늘 평화로웠어요.

출발하기 전날 밤엔 로버트 크릴리를 만났어요. 그가 여행을 떠난 뒤로는 한 번도 못 봤었죠. 로버트는 그곳(영국)이 좋았던가 봐요. 로버트 본인도 잘 지내는 것 같았고요. 돈 앨런이 쓴 글 세 편을 받았어요. 올슨(Olson) 전기(傳記)는 훌륭하더군요. 우리는 다시 「캠프(The Camp)」를 그것 자체로서 아주 재미있게 읽었어요. 《코요테(Coyote)》˙ 잡지도 보냈어요. 그 모든 정보 고마워요!

이런! (아무런 생각도 안 떠올라요.) 우리는 여기서 (이미 두 시간을 기다렸는데) 두 시간 더 기다리게 됐어요. 데이비드와 제프는 지루해서 아주 야단들이니 가서 콜라나 더 사줘야겠어요. 그러면 데이비드는 그걸 엎지르겠죠. 그런 다음 애들은 쉬야가 마렵다 할 테고요. 그리고 나는 맥주를 마시든가 아니면 콜라를 더 마시든가 하고, 결국은 화장실에 가겠죠.

바야르타에 도착한 버디가 레이스를 아는 어느 탕헤르 여자로부터 끔찍한 소식을 들었대요. 레이스는 체포되어 가석방 없는 5년 형을 받고 그곳에 수감되었다는군요. 레이스한테서 무슨 연락이라도 받은 적 있나요? 아니면 그의 아버지 모리스 뉴턴 박사께 엽서라도 보내서 레이스가 어디에 있는지 물어봐주세요. 리틀 폴스 사서함 613이 뉴턴 박사님 댁의 주소예요.

˙ 1964년에서 1967년까지 모두 여덟 부 간행된 문학잡지로 에드 돈, 앨런 긴즈버그, 피터 코요테 외 많은 '신(新)미국시' 시인들이 참여했다. 신미국시는 비트 문학과 1960년대의 대항문화 운동에서 파생한 것으로 하나의 문학 르네상스를 이루었다.

조만간 당신들 가족을 보면 좋겠어요. 어떻게 지내는지, 어떻게 돌아가는지 궁금하니 편지 주세요.

사랑을 담아,
루시아

P.S.

『죽음의 배(The Death Ship)』* 고마워요. 깜박하고 받았다는 말을 못해서 미안해요.

---

* B. 트래븐(Traven)이라는 익명의 작가가 1926년에 독일어로, 1934년에 영어로 출간한 소설.

1965년 여름

뉴멕시코주 앨버커키

이디스 스트리트

돈 부부

아이다호주 포카텔로

바턴 로드

돈 부부에게,

에드워드, 당신의 시가 실린 멋진 잡지《평화 소식(The Peace News)》*을
포함한 일용품 소포, 편지와 카드를 받은 뒤 고맙다는 편지를 썼어야 했
는데 그러지 못했네요. 미안해요. 오, 오늘 받은 엽서와 그 소포 덕에 버
디와 내가 얼마나 기운이 났는지 몰라요. 우리 둘 다 기분이 감퇴(쇠퇴?)
해 있었거든요. 젠장, 왜 그런(완전 처진!) 기분 있잖아요. 우린 다시 이
디스 스트리트의 집으로 이사했어요. 버디는 이틀 전 퇴원해서 조금 걸
을 수 있지만 통증에 지친 데다 건강이 굉장히 안 좋아요. 이제 석 달 됐
는데 손상된 다리 신경이 회복되려면 한참 걸릴 거예요.

   아무튼 우리는 미국에 돌아왔어요. 그게 논리적인 귀결 같아요. 이를
테면 밀림 속에서 아기를 가질 순 없고(지금 생각해보니 좋은 아이디어인

---

*   1936년 영국의 평화 운동을 위해 반전주의자들이 만든 잡지.

것 같긴 하네요), 버디도 돌아왔고, 아이들은 학교에 다녀야 하고, 기타 등등 $와 관련된 이유도 포함해서 말이죠. 그런데 내 참, 여기에 있으면 또 우리가 왜 돌아왔는지 기억을 못한다니까요.

　이 집은 버려져 있었어요. 그래도 집에 들어가는 돈은 여전하죠. 이 집을 사겠단 사람은 영 없는데, 돌아와서 보니 그 이유를 알겠더군요. 사람이 살 수 없을 정도로 엉망이더라고요. 그 개자식들이 모든 걸 망가뜨려 놨어요. 풀장은 수리조차 할 수 없을 지경이고, 잔디는 풀 한 잎 남김없이 다 죽었고, 관목과 큰 나무들도 대부분 죽은 데다 벽 상태도 끔찍해요. 수도관이든 레인지든 벽이든 할 것 없이 모두 엉망으로 망가져 있어요.

　새로 시작하기 위해 돌아온 지금은 그 모든 게 철학적이랄까 상징적이랄까, 그렇네요. 다만 거기에 이치라고 할 만한 건 없어요. 이 지겨운 나라와 마을, 기타 등등이 우리에겐 몹시 역겨워요. 무섭기도 하고요.

　지난 일요일엔 짐을 가지러 옐라파에 갔다가 수요일에 돌아왔어요. 일부는 가져오고 일부는 소포로 부쳤죠. 그곳에 돌아가지 않으리라는 생각에 거의 적응했었기 때문이죠. 아이 다리가 부러져도 찾아갈 의사가 없다는 등의 어려움이 있고 학교를 비롯한 문명의 혜택도 없으니까요. 푸에르토 바야르타에서 두 시간 정도 배를 타고 오는데 집으로 간다는 것에 내가 너무나 기뻐하고 있다는 걸 알고선 나 스스로도 놀랐어요. 건기가 끝날 무렵엔 언덕과 산이 끔찍해지니 그를 택하면 그곳을 떠나는 일이 좀 더 쉬울 줄 알았는데, 배가 만 안으로 진입하자 부겐빌레아와 페튜니아 꽃이 1킬로미터 이상 멀리서도 보이더군요. 우리가 떠난 뒤

3주 동안 마크와 제프의 친구가 매일 찾아와 정원에 물(양동이로 퍼온 강물)을 줬던 거예요. 돈을 주려 했는데 한 푼도 받지 않더라고요. 우리가 돌아올 때 정원이 보기 좋은 상태로 있었으면 싶어서 했던 거라고 하면서요. 짐을 꾸리는 날엔 온종일 주민들이 와서 버디의 안부를 물었어요. 마을 어린아이들은 짐 상자들을 강 건너 바다 쪽 해변까지 옮겨줬고요. 그 빌어먹을 배가 출발할 때 그 너그러운 사람들은 세상에서 가장 아름다운 해변에 서서 손을 흔들며 울었죠. 그 후로 나는 지금까지 계속 눈물이 나요. 그렇게 해서 로스앤젤레스 공항에 도착했을 땐 무너지고 말았어요. 불현듯 옐라파와 그곳의 친구들이 너무 보고 싶어 견딜 수 없었는데, 우리 아이들에 대한 책임감이 함께 뒤범벅되어 무척 혼란스러웠어요. 우리 애들은 이제 많은 면에서 그곳 아이들과 같거든요. 그런 부분을 여기서 어떻게 간직할 수 있을지 모르겠어요.

그곳에 며칠 있는 동안엔 안 좋은 일과 굉장한 일들을 겪었어요. 아아, 멕시코! 마지막 날 밤에는 악몽이라 할 수 있는 일이 있었어요. 그 얘기를 다 하려면 아마 편지지 40장으로도 모자랄 거예요. 간단히 말하자면 내가 거기서 체포되어 그날 밤 유치장에 들어갔다가 이튿날 아침에 나온 사건이에요. 뇌물을 주고 비행기가 떠나기 20분 전에야 나올 수 있었죠. 모든 건 선원을 위한 축제에서 시작됐어요. 나는 몇몇 친구들과 그 축제에 갔고, 화장실에 들어갔다 나오는데 열아홉 살쯤 된 어느 귀여운 청년이 나한테 키스를 하려 들더라고요. 그때 술 취한 경찰 셋이 나타나더니 그를 (강간 혐의로) 체포하려고 했어요. 그러면서도 그들은 내 지갑을 뒤지려 하더군요. $을 슬쩍하려고 그랬던 거겠죠. 하지만 지갑 안엔 불법 소지품들이 있었던지라 나는 이성을 잃었고, 경찰들이 빼앗아 간 그 지갑을 그 청년과 함께 도로 빼앗으려고 했어요. 그들이 청년을 두들겨 패기 시작해서 나는 그걸 막으려고 그들 사이에 끼어들었어요. 그래서 결국 우리 둘 다 연행된 거예요. 일이 참 묘하게 꼬였죠. 새로 부임한 시장은 유죄 선고를 원했고 당국은 내가 강간 혐의 확인서에 서명하지 않으면 나를 닷새 동안 풀어주지 않을 작정이었어요. 하지만 나는 거부했죠(이 모든 게 경찰서에 들어가 진행되었는데 그 작은 시엔 아무도 없었어요. 모두 축제에 가 있었거든요). 그러자 그들은 내가 자기들과 "그걸 하면" 풀어주겠노라 했고, 나는 그들과 끔찍한 싸움을 벌였어요. 결국 내 혐의엔 추행, 체포 불응, 음주 및 풍기문란 행위, 경찰관 세 명에 대한 폭행 및 구타(누굴 구타했다는 건지 원!), 더럽고 상스러운 욕설 등이 추가되었죠. 그리고 그곳의 늙은 간수가 나를 경찰들로부터 보호해주기 위해 감방에 집어넣었지 뭐예요! 나는 'El Tiburón', 즉 나를 건드린 폭행범에 대한 혐의 확인서에 서명하지 않고 경찰들과 싸웠다는 이유로 졸지에 '유치장의 여왕'이라는 칭호를 얻었어요. 다른 때라면 그런 경험도 괜찮았을 거예요(실제론 그날도 괜찮았지만요). 그 늙은 간수가 나에게 밤새 담배를 대줬거든요. 나는 두 건의 살인 혐의를 받고 있는 열여덟 살짜리 소년과 담배를 피우며 눈물로 밤을 지새웠죠. 아침엔 시장의 집무실에서 치욕적인 두 시간을 보내야 했어요. 그는 내가 'El Tiburón' 같은 악덕한 폭행범을 한 6개월쯤 감옥에 보냄으로써 지역 공동체의 공익에 도움이 되는 쪽 대신 스캔들을 감수하려 드는 이유를 이해할 수 없다고 하더라고요. 그래서 그 경찰관들이야말로 내가 본 유일한 폭행범들이라고 했더니 시장은 협박까지 하며 비열하게 나오더군요. 나중에 'El Tiburón('상어'라는 뜻의 스페인어예요.)'과는 참 아름다운 장면이 연출됐죠. 잠에서 깼을 때 녀석은 내가 자기를 파멸시키는 서명을 하지 않고 그때까지 (몇몇 게이 수감자들과 함께 커피와 토르티야를 먹으며) 유치장 안에 있다는 게 믿기지 않았는가 봐요.

아무튼 우리는 여기 농장에 와 있어요. 마크와 제프는 내일부터 여름 학교에, 데이비드는 유아원에 다닐 거고요. 한동안은 하루 종일 애들 없이 지낼 테니 휴가를 얻은 것 같겠죠. 애들은 그렇게 이곳 생활에 적응할 거고요.

흠. 영국에 가게 되었다니 정말 좋은 일이에요. 지금 돌아가는 걸 보면 영국은 지구상에 남은 유일한 문명국 같아요. 영국에도 멕시코인들과 카누, 가마우지, 펠리컨이 있다면 좋겠네요. 거기에 펠리컨은 있겠죠? 《평화 소식》에 흥미를 갖게 해줘서 고마워요. 올가 레버토프의 부고가 실렸던데요. 거기서 평화 운동에 활발히 참여하고 있는 스트리퍼 데니즈의 언니가 그분 맞죠?

오늘은 일요일이고 우리는 함께 앉아 신문을 읽고 있어요. 아니, 버디만 그러고 있죠. 나는 아직 그런 게 손에 안 잡히거든요. TV도 그렇고 자동차도 그렇고요. 하지만 전화는 재미있어요. 우리 집 전화번호는 345-0852랍니다.

이제 우린 비행기가 없어서 당신네 가족을 보러 그리로 쉽게 날아가지 못해요. 그래도 당신들이 영국으로 떠나기 전에 어떻게 해서든 가서 한번 보고 싶어요.

이제 교외로 드라이브 나갈 시간이에요. 일요일마다 바람 쐬러 가는 거죠.

우리의 사랑을 보내며,

루시아

작가 소개

작품

루시아 벌린(1936~2004)은 생전에 76편의 단편소설을 발표했다. 블랙 스패로(Black Sparrow) 출판사는 그 대부분을 모아 세 권의 단행본 『향수(Homesick)』(1991), 『안녕(So Long)』(1993), 『지금 내가 사는 곳(Where I Live Now)』(1999)으로 출간했다. 이 단편집들은 1980년, 1984년, 1987년에 출간되었던 것들에 새로운 작품들이 추가되어 엮인 것이다.

루시아 벌린은 스물네 살에 솔 벨로*(Saul Bellow)의 문예잡지 《고상한 야만인(The Noble Savage)》과 《뉴 스트랜드(The New Strand)》에 작품을 발표하기 시작했다. 후에 그녀의 단편들은 《애틀랜틱 먼슬리(Atlantic Monthly)》 《뉴 아메리칸 라이팅(New American Writing)》을 비롯한 많은 소규모 잡지에 실렸다. 『향수』는 '아메리칸 북 어워드'를 수상했다.

루시아는 뛰어난 작품들을 남겼지만 1960년대와 1970년대, 그리고 1980년대 대부분을 지나는 동안의 창작 활동은 간헐적으로 이루어졌다. 네 아들이 성장한 1980년대에 이르러서야 루시아는 오랜 세월 싸워온 알코올 중독 문제를 극복했다(알코올 중독의 공포, 주정뱅이들이 거쳐 가는 유치장, 알코올 중독으로 인한 손떨림증, 이따금 찾아

• 미국의 노벨문학상 수상 작가.

오는 흥겨움은 그녀의 작품에서 특별한 자리를 차지한다). 그때부터 루시아는 일찍 세상을 떠날 때까지 생산적인 작품 활동을 이어갔다.

삶

루시아 벌린은 1936년 알래스카에서 태어났다. 아버지가 광산업에 종사했기 때문에 아이다호, 켄터키, 몬태나의 광산과 인근 마을에서 어린 시절을 보냈다.

1942년 아버지가 세계대전에 참전하게 되어 집을 떠나 있는 동안 루시아는 어머니 및 여동생과 함께 엘패소의 외가로 가서 생활했다. 외할아버지는 그 지역의 저명한 치과 의사였으나 술독에 빠져 살았다.

전쟁이 끝나고 얼마 지나지 않아 집에 돌아온 루시아의 아버지는 가족을 데리고 칠레 산티아고로 이주했다. 그로부터 25년 동안 루시아의 인생 여정은 화려하다 할 수 있었다. 그녀는 산티아고의 사교계 무도회에 다녔고, 알리 칸* 왕자가 불을 붙여준 첫 담배를 피웠으며, 고등학교 졸업 후에는 아버지의 사교 모임에서 안주인 역할을 담당했다. 어머니는 매일 밤 일찍 술병을 들고 침실에 들어가

---

* Aly Khan, 미국의 배우 리타 헤이워드의 남편이기도 했던 파키스탄의 왕자.

나오지 않았기 때문이다.

열 살 때 루시아는 척추옆굽음증 진단을 받았는데, 이 때문에 평생 고통을 겪었고 주기적으로 철제 교정기를 사용해야 했다.

1954년에는 뉴멕시코대학교에 입학했다. 스페인어에 능통했던 루시아는 스페인 소설가 라몬 센더(Ramón Sender) 교수 밑에서 공부했다. 대학 입학 후 얼마 안 되어 그녀는 결혼을 하고 두 아들을 낳았지만, 조각가였던 남편은 둘째 아들의 출생과 동시에 가족을 버리고 집을 떠났다. 학위를 마친 루시아는 앨버커키에 살면서 그녀의 인생에서 중요한 인물인 시인 에드워드 돈(Edward Dorn)을 만났다. 블랙마운틴대학교에서 돈의 은사였던 작가 로버트 크릴리(Robert Creeley), 크릴리의 하버드대학교 동창이었던 레이스 뉴턴(Race Newton)과 버디 벌린(Buddy Berlin)을 알게 된 것도 이 시기다. 당시 뉴턴과 벌린은 재즈 뮤지션으로 활동 중이었다. 루시아는 이 무렵부터 글을 쓰기 시작했다.

피아니스트였던 뉴턴은 루시아와 1958년에 결혼했다(루시아의 초기 단편들은 루시아 뉴턴이라는 이름으로 발표되었다). 이듬해 그들은 뉴욕으로 가 맨해튼의 어느 로프트에서 살았다. 레이스는 연주자로 꾸준하게 일이 있었고, 이들은 이웃에 사는 데니즈 레버토브(Denise Levertov)와 미첼 굿먼(Mitchell Goodman)의 친구가 되었다. 이들과 더불어 존 앨툰(John Altoon), 다이앤 디프리마(Diane di Prima), 아미리 바라카(Amiri Baraka, 당시에는 르로이 존스)와 친분을 맺었다.

1961년 루시아는 뉴턴을 두고, 버디 벌린과 함께 아들들을 데리고 멕시코로 여행을 떠났고, 그곳에서 버디를 세 번째 남편으로 맞았다. 버디는 카리스마가 넘치고 부유했지만 마약 중독자이기도 했다. 1961~1968년에 두 사람 사이에선 두 아들이 태어났다.

1968년에 벌린 부부는 이혼했다. 루시아는 석사학위를 따기 위해 뉴멕시코대학교로 돌아갔고, 그곳에서 임시 교사로 채용되었으며 이후 다시는 결혼하지 않았다.

1971년부터 1994년까지는 캘리포니아주의 버클리와 오클랜드에 살았다. 벌린은 고등학교 교사, 청소부, 교환수, 의료보조원으로 일하며 생계를 유지하는 가운데 글을 쓰면서 네 아들을 키웠고, 오랫동안 알코올에 중독되기도 했지만 결국은 벗어났다. 1991년과 1992년의 대부분은 멕시코시티에서 암으로 죽어가는 여동생 곁을 지키며 보냈다. 그녀의 어머니는 1986년에 세상을 떠났는데, 자살한 것으로 추정된다.

1994년, 에드워드 돈은 루시아 벌린을 콜로라도대학교로 불렀다. 그 후 6년 동안 루시아는 초청 작가로 볼더에서 지냈고, 마침내 부교수로 임용되어 학생들의 인기를 독차지하며 사랑받는 선생님이 되었다. 재직 2년 만에 동 대학교의 우수교수상을 받기도 했다.

볼더에 있는 동안 루시아는 가까운 지인들로 구성된 공동체 속에서 활발히 활동할 계기를 맞았다. 돈과 그의 아내, 제니퍼, 안셀

름 홀로(Anselm Hollo), 그녀의 옛 친구 바비 루이스 호킨스(Bobbie Louise Hawkins)도 그 공동체의 일원이었다. 시인 켄워드 엘름슬리(Kenward Elmslie)는 나와 함께 그녀의 성실한 친구가 되었다.

이후 루시아는 건강이 안 좋아져 2000년에 은퇴했고(척추옆굽음증이 심해져 폐에 천공이 생긴 그녀는 1990년대 중반부터 산소탱크를 달고 살았다) 이듬해 로스앤젤레스로 가서 아들 댄과 함께 살았다. 루시아는 암 투병을 하다 2004년 마리나 델 레이에서 세상을 떠났다.

추신

루시아가 사망하고 11년이 지난 2015년, 그해 출간된 루시아의 단편집 『청소부 매뉴얼(A Manual for Cleaning Women : Selected Stories)』은 베스트셀러가 되었고 2015년 《뉴욕타임스》 최고의 책 10선에 뽑혔다. 스페인어판은 알파구아라(Alfaguara) 출판사에서 나왔고 마드리드 일간지 《엘 파이스(El País)》의 '올해의 책'으로 선정되었으며, 그 외 30여 개국에서 출간되었거나 번역이 진행 중이다. 그녀를 새로 발견하는 독자들은 지금도 나날이 늘고 있다.

스티븐 에머슨(Stephen Emerson)•

• 미국의 소설가이자 루이사 벌린의 친한 친구였다.

옮긴이 공진호

뉴욕시립대학에서 영문학과 창작을 전공했다. 옮긴책으로 루시아 벌린의 『청소부 매뉴얼』, 『내 인생은
열린 책』, 에드워드 세인트 오빈의 패트릭 멜로즈 소설 5부작, 윌리엄 포크너의 『소리와 분노』, 허먼 멜
빌의 『필경사 바틀비』, 하퍼 리의 『파수꾼』, 샤를 보들레르의 『악의 꽃』, 『세계 여성 시인선: 슬픔에게 언
어를 주자』, 『월트 휘트먼 시선: 오 캡틴! 마이 캡틴!』, 『에드거 앨런 포 시선: 꿈속의 꿈』, 『안나 드 노아
이유 시선: 사랑 사랑 뱅뱅』, 『아틸라 요제프 시선: 일곱 번째 사람』, E. L. 닥터로의 『빌리 배스게이트』
등이 있다.

웰컴 홈

초판 1쇄 인쇄 2020년 8월 20일
초판 1쇄 발행 2020년 8월 30일

지은이 루시아 벌린 **옮긴이** 공진호

발행인 이재진 **단행본사업본부장** 신동해
책임편집 이남경 **디자인** 김은정 **교정교열** 장윤정
마케팅 이현은 문혜원 **홍보** 박현아 최새롬
국제업무 김은정 **제작** 정석훈

브랜드 웅진지식하우스
주소 경기도 파주시 회동길 20
주문전화 02-3670-1595 **팩스** 031-949-0817
문의전화 031-956-7362(편집) 02-3670-1024(마케팅)
홈페이지 www.wjbooks.co.kr
페이스북 www.facebook.com/wjbook
포스트 post.naver.com/wj_booking

발행처 ㈜웅진씽크빅
출판신고 1980년 3월 29일 제406-2007-000046호

한국어판출판권 ⓒ Woongjin Think Big, 2020
ISBN 978-89-01-24452-5 03840